Thomas Brezina

DIE ROTE MUMIE KEHRT ZURÜCK

Krimiabenteuer Nr. 43

Mit Illustrationen von Jan Birck

Ravensburger Buchverlag

DIE KNICKERBOCKER-BANDE

STECKBRIEFE

HALLO,
ALSO HIER MAL IN KÜRZE
DAS WICHTIGSTE ÜBER UNS:

POPPI

NAME: Paula Monowitsch
COOL: Tierschutz
UNCOOL: Tierquäler, Angeber
LIEBLINGSESSEN:
Pizza (ohne Fleisch,
bin Vegetarierin!!!)
BESONDERE KENNZEICHEN:
bin eine echte Tierflüsterin –
bei mir werden sogar Pitbulls
zu braven Lämmchen

DOMINIK

NAME: Dominik Kascha
COOL: Lesen, Schauspielern
(hab schon in einigen Filmen und
Theaterstücken mitgespielt)
UNCOOL: Erwachsene, die einen bevormunden
wollen, Besserwisserei (außer natürlich, sie kommt
von mir, hähä!)
LIEBLINGSESSEN: Spaghetti
(mit tonnenweise Parmesan!)
BESONDERE KENNZEICHEN:
muss immer das letzte Wort haben und kann so
kompliziert reden, dass Axel in seine Kappe beißt!

AXEL

NAME: Axel Klingmeier
COOL: Sport, Sport, Sport (Fußball und vor allem Sprint, bin Schulmeister, habe sogar schon drei Pokale gewonnen)
UNCOOL: Langweiler, Wichtigtuer
LIEBLINGSESSEN: Sushi … war bloß'n Witz (würg), also im Ernst: außer Sushi alles! (grins)
BESONDERE KENNZEICHEN: nicht besonders groß, dafür umso gefährlicher (grrrrrr!)

LILO

NAME: Lieselotte Schroll (nennt mich wer Lolli, werde ich wild)
COOL: Ski fahren, Krimis
UNCOOL: Weicheier, Heulsusen
LIEBLINGSESSEN: alles, was scharf ist, thailändisch besonders
BESONDERE KENNZEICHEN: blond, aber unheimlich schlau (erzähl einen Blondinenwitz und du bist tot …)

Bibliografische Information Der Deutschen Bibliothek

Die Deutsche Bibliothek verzeichnet diese Publikation
in der Deutschen Nationalbibliografie;
detaillierte bibliografische Daten sind im Internet über
http://dnb.ddb.de abrufbar.

1 2 3 4 5   09 08 07 06 05

© 2002 und 2005 Ravensburger Buchverlag
Otto Maier GmbH
Umschlagillustration: Jan Birck
Printed in Germany
ISBN 3-473-47091-0

www.ravensburger.de
www.thomasbrezina.com
www.knickerbocker-bande.com

INHALT

Unterwegs zur Pyramide 6
Der Schrei 13
Die rote Mumie kehrt zurück 20
Der Mumienmann 28
Zwei verschieden große Füße 35
Ausweichende Antworten 42
Überraschende Aufzeichnungen 49
Böse Kräfte 55
Von Bildern verfolgt 64
Rückkehr in die Pyramide 70
Forscher verschwinden 77
Leben nach 5000 Jahren 84
Ein grüner Lichtstrahl 90
Wo ist Axel? 98
Die stumme Armee 105
Krach 112
Ein rätselhaftes Treffen 122
Die Entführung 129
Der Mann mit dem Schakalskopf 137
Jemand kommt zurück 147
Der „Bund des Wiedererwachens" 152
Die rote Mumie kommt wieder 162
Der zweite Zugang 170
Die Tricks des Professors 177

UNTERWEGS ZUR PYRAMIDE

Die Sonne stand wie ein weiß glühender Ball am Himmel. Die Luft war so heiß, dass sie sich wie Feuer auf der Haut anfühlte. Jede Bewegung verursachte einen Schweißausbruch.

„Mir ist, als würde mir jemand ein Dampfbügeleisen auf den Kopf drücken und mich gleichzeitig mit vier Haarföns bearbeiten, die auf die höchste Stufe gestellt sind!", stöhnte Dominik. Seine Stimme klang rau, denn seine Kehle war völlig ausgetrocknet.

Axel klopfte ihm kräftig auf den Rücken und brummte: „Kannst du nicht einfach sagen, dir ist verdammt heiß? Wieso musst du immer so geschraubt reden?"

„Nicht jeder möchte so ungeschliffen sprechen

wie du. Man kann sich eben auch etwas feiner ausdrücken", antwortete Dominik hochnäsig.

Lilo verzog das Gesicht: „Leute, ich habe höllischen Durst. Axel, rück endlich die Wasserflasche raus!"

Axel machte ein betretenes Gesicht. Die Knickerbocker-Bande war vom Lager aus vierzig Minuten durch den glühenden Wüstensand bis zur Pyramide gegangen. Auf halbem Weg hatte Axel bemerkt, dass er die Flasche vergessen hatte. Doch weil er keine Lust gehabt hatte umzukehren, hatte er seinen Freunden nichts davon gesagt.

„Äh ... die Wasserflasche ... habe ich vergessen", gestand er.

Wäre es nicht so heiß gewesen, hätten ihm die drei anderen jetzt wahrscheinlich eine tüchtige Abreibung verpasst.

„Wie bitte?", fragte Lieselotte, obwohl sie ihn natürlich ganz genau verstanden hatte.

„Äh ... tut mir Leid, aber ich war so aufgeregt, weil wir in die Pyramide dürfen", stammelte Axel. „Aber vielleicht gibt es dort einen Getränkeverkäufer."

„Du bist und bleibst ein Dummkopf!", schnaubte Poppi, die normalerweise nicht so heftig wurde. „Die Pyramide ist für Touristen geschlossen. Nur die Archäologen dürfen hinein. Denkst du, dort steht einer und wartet den ganzen Tag nur darauf, dass er uns vier Colas verkaufen kann?"

„Aber die Archäologen …", Axel hatte immer Schwierigkeiten, das Fremdwort für Altertumsforscher auszusprechen. „Ihr wisst schon, der Professor und seine Mitarbeiter … Die sind doch dort und haben bestimmt etwas zu trinken für uns."

„Haben sie nicht, du Blödmann! Sie sind doch nach Kairo gefahren, weil sie dort im Museum mit einem Experten reden müssen!", brauste Lilo auf.

In der Ferne erkannten die vier die mächtige Pyramide. Schon immer waren in ihrem Inneren große Schätze vermutet worden, aber bisher hatte niemand einen Zugang finden können.

Erst Professor Melchior Sabaty war es gelungen, mit Hilfe von hochmodernen Messgeräten, radioaktiven Strahlen und dünnen Metallsonden die Stelle zu entdecken, an der vor tausenden von Jahren der Sarg mit der Mumie des Pharaos in die Pyramide gebracht worden war. Mit Genehmigung der zuständigen Behörden hatte er dann die Pyramide geöffnet und war auf ein Gewirr von Gängen gestoßen. Wahrscheinlich hatten die Erbauer der Pyramide dieses Labyrinth angelegt, damit eventuelle Grabräuber nur unter großen Schwierigkeiten zur eigentlichen Grabkammer vordringen konnten.

Axels Mutter hatte schon einmal für einen Archäologen in Ägypten gearbeitet. Aus diesem Grund hatte Professor Sabaty sie gebeten, ihn vier Monate lang zu unterstützen.

Axel wohnte in dieser Zeit bei Poppi und ihren Eltern. Doch jetzt waren Ferien und seine Mutter hatte ihn und seine Freunde Lilo, Poppi und Dominik für eine Woche nach Ägypten eingeladen.

Es war ihr zweiter Tag dort, und der Professor hatte ihnen erlaubt, die Pyramide zu betreten.

„Aber geht bitte nicht zu weit hinein und markiert immer euren Weg. Ihr könntet euch sonst in den Gängen verirren, und das wäre eine Katastrophe!", hatte er ihnen eingeschärft.

„Vielleicht begegnen wir auch wieder einer Mumie", hatte Axel gescherzt.

Poppi hatte ihm einen strafenden Blick zugeworfen. Sie konnte sich noch sehr gut an ihren ersten Besuch in Ägypten erinnern. Es war ein einziger Albtraum gewesen, als sie plötzlich von einer roten Mumie verfolgt worden waren.

„Poppilein, das war ein verkleideter Mensch. Das weißt du doch", hatte Axel gesäuselt und sie wie ein guter Onkel in die Backe gekniffen.

„Natürlich weiß ich das, aber du hast damals auch fast in die Hosen gemacht!"

Die Knickerbocker-Freunde hatten beschlossen, nicht mehr über die rote Mumie zu reden. Dieser Fall war längst abgeschlossen, und die Gauner saßen im Gefängnis.

„Wir werden hier mitten in der Wüste verdursten und elend zugrunde gehen", verkündete Dominik theatralisch.

„Klar, wenn sie uns heute Nachmittag suchen kommen, werden sie nur noch dein Skelett finden. Die Geier werden es bis dahin gründlich abgenagt haben!", spottete Axel.

Lilo erinnerte sich an einen Rat ihres Vaters, der Bergführer war. „Wenn dir auf einer langen Wanderung Proviant oder Wasser ausgehen, versuche, nicht ständig daran zu denken. Sonst werden Hunger und Durst noch schlimmer!", gab sie den Rat weiter.

„Gute Idee", lobte Axel und hoffte, dass die anderen nicht mehr auf ihm herumhacken würden.

Inzwischen hatten sie die Pyramide erreicht. Mit den Händen schirmten sie ihre Augen gegen das grelle Sonnenlicht ab. Erst jetzt konnten sie den Kopf heben und bis zur Spitze hinaufsehen.

„Wow! Die ist ja irre hoch!", staunte Axel.

„Horcht mal", sagte Lilo und gab den anderen ein Zeichen still zu sein.

Die vier Knickerbocker hielten den Atem an und lauschten.

Es war kein Geräusch wahrzunehmen. Keine menschliche Stimme, kein Tierlaut, kein Auto, kein Flugzeug, nichts.

Es war, als hätte jemand den Ton abgedreht. Rund um sie herrschte absolute Stille. Es war so ruhig, dass sie meinten, das Rauschen des Blutes in ihren Ohren zu hören.

Axel drehte sich einmal im Kreis und sah sich um.

Weit und breit gab es nichts außer Sand, Sand, Sand und noch mehr Sand. Das Lager der Forscher war hinter einer Düne verschwunden. Ein leichter Windstoß fegte über die Wüste.

„Los, rein! Drin ist es bestimmt angenehmer", sagte Axel und deutete mit dem Kopf auf die Öffnung im gelbgrauen Stein der Pyramide.

„Aber … aber wir sind ganz allein hier … vielleicht … ich meine … damals … die Mumie", stotterte Poppi.

„Bitte, reg dich endlich ab! Es gibt keine Mumien, die lebendig werden", sagte Dominik genervt.

Zehn Minuten später sollte er anders denken.

DER SCHREI

In der Pyramide war es nicht kühl, sondern kalt. Der Unterschied zur Hitze draußen war gewaltig.

Dominik erschauerte. Sein durchgeschwitztes Hemd klebte nun wie ein tiefgefrorener Umschlag auf seiner Haut.

„W…w…w… wir hätten Pullover mitnehmen sollen", klapperte Poppi mit den Zähnen.

„Klar, und einen Pelzmantel auch noch!", spottete Axel.

Vor ihnen lag ein langer, gerader Gang, der in das Innere der Pyramide führte.

„Jeder nimmt sich eine Lampe", sagte Axel und deutete auf die Petroleumlaternen, die neben dem Eingang aufgereiht standen.

„Wir haben doch die Taschenlampen", meinte

Lilo. Sie vertraute ihnen mehr als altmodischen, flackernden Petroleumlampen.

„Sicher ist sicher. Professor Sabaty hat erzählt, dass es in Pyramiden oft zu merkwürdigen Phänomenen kommt. Taschenlampen erlöschen plötzlich, obwohl die Batterien frisch sind, und lassen sich nicht mehr einschalten. Petroleumlampen sind am verlässlichsten. Gegen Feuer scheinen die Kräfte, Mächte und Geister, die in einer Pyramide zu finden sind, nichts auszurichten."

Poppi atmete tief durch. Bitte, nicht noch mehr Schauergeschichten über die unheimlichen Kräfte der Pyramide!

Axel hatte ein Feuerzeug dabei und zündete die Dochte der vier Lampen an. Das gelbliche Licht erfüllte den Raum und sein Flackern löste einen gespenstischen Effekt aus. Die rauen Steinwände schienen zu schmelzen. Es sah aus, als würde der harte Stein zu fließen beginnen.

Die vier Freunde standen ganz still da und starrten in die Finsternis am Ende des Ganges.

Auch hier drin war es still. Unheimlich still. Totenstill.

„Los, kommt", forderte Axel die anderen auf. Er ging voran. Ungefähr in der Mitte des langen Ganges führte rechts und links je eine Rampe nach oben. Ohne lange zu fragen, wandte sich Axel nach rechts und nahm die Steigung in Angriff. Der Sand knirschte laut unter seinen Schuhen.

Am Ende der Rampe begann ein neuer Gang, der bald einen Knick nach links machte.

Eine eisige Hand legte sich auf Dominiks bloßen Arm. Er schrie auf und stürzte nach vorn zu Lilo.

„Eine Mumie!", krächzte er. „Ich habe ihre Eishand gespürt!"

„Das war doch nur ich!", meldete sich Poppi hinter ihm. Vor Anspannung und Aufregung war ihre Hand tatsächlich eiskalt und feucht. Sie hatte Dominik nur bitten wollen, sie vorgehen zu lassen. Sie wollte nicht die Letzte in der Gruppe sein.

Neugierig drangen die vier Freunde immer weiter in die Pyramide vor.

„Psst!" Lilo streckte die Arme zur Seite, um die anderen zu stoppen. „Hört ihr das?", fragte sie erschrocken.

Axel verdrehte die Augen. „Was ist denn heute los mit euch? Seht ihr schon überall Gespenster? Wie kann man nur so ängstlich sein!"

Aber Lilo hatte sich nicht geirrt. Da war ein Knirschen. Es war weit entfernt, aber trotzdem deutlich zu vernehmen. Es hörte sich an, als würde noch jemand durch die Pyramide schleichen.

„Außer uns ist niemand hier drin!", flüsterte Axel.

„Das beruhigt mich nicht gerade", wisperte Poppi. „Wer knirscht da?"

Axel leuchtete in einen engen Seitengang, aber das Licht der Petroleumlampe war zu schwach. Er holte seine Taschenlampe heraus und knipste sie an. Der Lichtstrahl reichte weit in den Gang hinein.

Verwundert erkannten sie Spuren im Sand. Sie führten in den Gang hinein und sahen wie ein Gewirr aus dünnen Strichen aus.

Axel zwängte sich in die enge Öffnung und ging auf Zehenspitzen ein Stückchen weiter. „Bleibt, wo ihr seid!", rief er den anderen zu.

„Wieso?", wollte Lilo wissen.

„Geht weiter, schnell!"

„Aber warum?"

„Quatsch nicht, geh, ich schaff das hier schon. Bitte, geht weiter. Schnell, los!", drängte Axel.

„Sag sofort, was du entdeckt hast!", bohrte Lilo.

„Ich kann nicht! Bitte, geht weiter! Ich bin gleich wieder bei euch!", flehte Axel.

Dominik grinste. „Könnte es sein, dass Herr Axel das Essen nicht vertragen hat und in diesem Gang die erste Pyramidentoilette der Welt eröffnet?", fragte er die Mädchen.

Lilo und Poppi lachten. Klar, das war die Lösung! Axel hätte das aber nie im Leben zugegeben.

„Okay, wir gehen langsam weiter! Musst dich nicht zu sehr beeilen, das soll nämlich ungesund sein!", spottete Lieselotte.

Kichernd tappten die drei den Gang entlang, der dreimal hintereinander eine leichte Biegung nach links machte. Axels dringendes Bedürfnis hatte die Spannung gelöst, und mit einem Mal erschien ihnen das Innere der Pyramide nicht mehr so unheimlich und bedrohlich.

„Aaaaah!"

Ein verzweifelter Schrei ließ sie zusammenzucken.

„Axel!?"

Die drei blieben stehen und lauschten.

Der Schrei war abgerissen.

„Axel, was ist?", rief Lilo.

Keine Antwort.

„Axel, sag was!", brüllte Dominik. Seine Stimme hallte mit vielfachem Echo durch die Pyramide.

„Soll das ein Witz sein? Ich kann darüber jedenfalls nicht lachen!", ärgerte sich Lilo.

Nichts.

Stille.

Dann ein Knirschen. Es hörte sich an, als würde

jemand langsam durch den Gang schleichen und dabei die Füße kaum heben.

Die drei Freunde standen starr vor Schreck.

Natürlich war es möglich, dass Axel sich einen Spaß erlaubte, als Rache dafür, dass sie ihn verspottet hatten.

Aber die Schritte kamen nicht näher, sondern entfernten sich. Wer ging da?

„Hallo? Hallo, wer ist denn da?", fragte Lilo. Ihre Stimme klang recht kläglich. Dann riss sie sich zusammen, holte tief Luft und sagte: „Wir müssen nachsehen, was da los ist. Uns bleibt nichts anderes übrig."

Sie machte ein paar Schritte und drehte sich dann zu den anderen um. „Was ist? Kommt ihr nicht mit?" Ihre Stimme klang vorwurfsvoll. Dabei wäre sie in Wirklichkeit ohne Dominik und Poppi nicht weitergegangen.

Gemeinsam schlichen sie den Gang zurück, jederzeit bereit, sich gegen einen Angriff zu verteidigen. Dominik hatte die Fäuste geballt und hielt sie schützend vor Brust und Gesicht.

Sie begegneten aber niemandem und konnten auch nichts Verdächtiges entdecken.

Der schmale Seitengang, in den Axel gegangen war, schien leer zu sein. Von dem Knickerbocker keine Spur mehr. Plötzlich kamen den dreien Zweifel, ob ihr Freund tatsächlich nur ein Bedürfnis erledigen musste. Gab es vielleicht doch einen anderen Grund für sein seltsames Verhalten? Hatte sich jemand in dem Gang versteckt? War er gezwungen worden, sie fortzuschicken?

„Seht euch das an!", stieß Dominik hervor.

DIE ROTE MUMIE KEHRT ZURÜCK

Er deutete auf den Boden, wo Abdrücke von Axels Sportschuhen zu sehen waren. Deutlich zu sehen waren! Sie verliefen genau entgegengesetzt zu der Richtung, in die sie gegangen waren.

„Wieso hat er kehrtgemacht?", wunderte sich Poppi.

„Aber habt ihr auch das gesehen?", fragte Dominik leise.

Neben den Abdrücken der markanten Sportschuhsohlen war noch eine andere Spur. Diese stammte von bloßen menschlichen Füßen, war aber etwas verwischt.

Lilo bückte sich und untersuchte sie genauer.

„Das … das gibt's doch nicht!", keuchte sie. „Das sind Abdrücke von eingewickelten Füßen …"

„Von einer Mumie!", flüsterte Poppi.

Dominik konnte es nicht glauben. „Ihr denkt, die Mumie hat Axel geschnappt und gezwungen mitzukommen? Das denkt ihr wirklich?"

Poppi und Lilo zuckten ratlos die Schultern. Auch wenn es ihnen höchst seltsam vorkam, die Spur war zu deutlich und sprach eine sehr klare Sprache.

„Wir ... wir müssen ihn befreien!", sagte Lilo leise.

Alle drei wussten, dass keine Zeit blieb, Hilfe zu holen. Das Lager war viel zu weit weg.

Dominik sah sich nach einem Stock oder einem anderen harten Gegenstand um, mit dem er sich notfalls gegen die Mumie verteidigen könnte. Aber in den Gängen lag nichts außer Sand.

„Kommt!", gab Lilo fast lautlos das Kommando.

Die drei drängten sich fest aneinander und gingen los. Um möglichst kein Geräusch zu verursachen, traten sie besonders behutsam auf.

Am Ende des Tunnels entdeckten sie einen stockdunklen Seitengang, in den die Fußspuren führten.

„Weiter!", drängte Lilo und ging voran. Sie hielt die Petroleumlampe hoch, um die Wände abzuleuchten. Vielleicht gab es versteckte Nischen, in denen die Mumie lauerte.

Nach ungefähr zehn Metern war der Gang zu

Ende. Sie standen vor einer Mauer, die aber irgendwie fehl am Platz wirkte.

„Ein Loch in der Mauer!", wisperte Poppi.

Vom Boden bis auf ungefähr einen Meter Höhe klaffte ein breites Loch, das in den Stein geschlagen worden war.

An den Rändern konnten die Knickerbocker sehen, dass die Mauer dünn war, höchstens zehn Zentimeter dick. Jedenfalls viel dünner als alle anderen Wände der Pyramide.

Lilo ließ sich auf alle viere nieder und leuchtete durch die Öffnung.

„Und? Was siehst du?", fragten die anderen aufgeregt.

Lilo schluckte. „Eine Kammer ... eine Grabkammer ... mit einem Mumiensarg."

Dominik spürte, wie sein Herz zu rasen begann.

Poppi klammerte sich an seinem Arm fest und biss sich auf die Unterlippe.

„A... A... Axel!", stieß Lilo hervor.

Keine Reaktion.

Sie versuchte es noch einmal, aber wieder erhielt sie keine Antwort.

Lilo richtete sich auf und sah die beiden anderen fragend an. „Sollen wir ... ich meine, sollen wir reinkriechen?"

Dominik nickte stumm. Es blieb ihnen nichts anderes übrig. Sie konnten ihren Freund unmöglich im Stich lassen!

Lilo kniete sich wieder auf den Boden und stellte zuerst die Petroleumlampe in den anderen Raum. Dann streckte sie den Kopf durch die Öffnung und sah sich vorsichtig um.

Die Wände waren mit ägyptischen Schriftzeichen bedeckt, und neben dem steinernen Sarg sah sie die lebensgroße Zeichnung eines Gottes mit Hundekopf. Lilo wusste, dass er Anubis hieß.

Sie nahm allen Mut zusammen und kroch in die Grabkammer.

Die Luft hier drin war viel wärmer, ziemlich stickig und irgendwie unangenehm. Es war fast, als wollte sie beim Einatmen nicht durch die Nase, so unangenehm war die Luft. Lilo keuchte schwer. Aber sie gab nicht auf.

Poppi folgte ihr sofort.

Als sich Dominik niederließ, hörte er ein Knirschen hinter sich. Erschrocken drehte er sich um und sah ein Gesicht am Ende des Ganges.

Es war das bleiche Gesicht eines Mannes, dessen Augen, Nase und Mund ungewöhnlich groß schienen und weit hervortraten. Die Haut schimmerte gelblich-weiß und spannte sich wie Pergament über den Schädel. Der Mann starrte Dominik strafend und vorwurfsvoll an.

Dieser wollte die Mädchen rufen, doch er bekam keinen Ton heraus. Seine Augen waren völlig ausgetrocknet. Er musste zwinkern und sie dabei für den Bruchteil einer Sekunde schließen.

Als er sie wieder öffnete, war das unheimliche Gesicht verschwunden. Am Ende des Ganges herrschte wieder Finsternis.

So schnell Dominik konnte, krabbelte er in die Grabkammer.

„Draußen ... ein Mann ... da war ein Mann!", japste er.

Die Mädchen hörten ihn gar nicht. Sie starrten mit weit aufgerissenen Augen den steinernen Mumiensarg an.

Er hatte die Form eines liegenden Menschen, und auf seinem Deckel war das Bild des einbalsamierten Herrschers mit der kostbaren Totenmaske. Die Farben wirkten trotz ihres Alters noch immer frisch.

Dominik folgte dem Blick der Mädchen, konnte aber nichts entdecken, was ihn so fassungslos gemacht hätte.

„Was ist?", fragte er leise.

Lilo und Poppi wichen zurück und pressten sich gegen die kühle Wand.

Der obere Teil des Sarges begann sich zu bewegen. Millimeter für Millimeter schob er sich zur Seite, wie von Geisterhand bewegt.

Die Oberfläche des Mumiensarges war von einer dünnen durchgehenden Staubschicht bedeckt. Es hatte also niemand den Sargdeckel von außen berührt oder bewegt.

Ruck für Ruck bewegte sich der Deckel zur Seite.

Die drei Freunde fassten einander an den Händen. Keiner von ihnen konnte sein Zittern verbergen. Alle drei wären am liebsten weggelaufen, aber keiner wagte es, sich von der Stelle zu bewegen.

Aus dem Inneren des Sarges kam eine Stimme. Sie war tief und heiser. Was sie sagte, war nicht zu verstehen.

Poppi zuckte erschrocken zusammen und verbarg das Gesicht an Lilos Schulter. Stumm deutete sie auf den Rand des Mumiensarges.

Eine bandagierte Hand war dort aufgetaucht und tastete sich langsam nach oben. Die Stoffstreifen waren rötlich. Die rote Mumie war also zurückgekehrt und wollte sich an den Knickerbocker-Freunden rächen.

Sehr schwach und leise kam Axels Stimme aus dem Sarg. Es hörte sich an, als würde er im Traum reden.

„Ich reise … ich reise über den Strom des Vergessens in das Reich der Toten!", murmelte er.

Aber wie war er in den Sarkophag gekommen? Der Deckel war – und da bestand gar kein Zweifel – nicht geöffnet worden. Wie hatte ihn die Mumie hineinlegen können? Und wollte sie jetzt auch den Rest der Bande holen?

„Ich werde immer leichter … das Wasser des Vergessens löscht alles, was geschehen ist!", hörten sie ihren Freund sagen.

Was war nur los mit ihm? Was hatte die Mumie gemacht?

Mit einem tiefen, gurgelnden Schrei schoss die rote Mumie aus dem Sarg.

Lilo, Poppi und Dominik brüllten auf und drängten alle drei gleichzeitig zur Maueröffnung. Mit ihrem Mut war es endgültig vorbei.

Hinter ihnen machte die rote Mumie eine geheimnisvolle Handbewegung, die unglaubliche Folgen hatte.

DER MUMIENMANN

Lilo, die bereits über den Boden kroch, spürte etwas Nasses, Kaltes auf ihren Rücken klatschen. Sie fasste mit der Hand nach hinten und griff in eine eklige, schleimige Masse.

„Aaah, was ist das?", schrie sie auf.

Dominik leuchtete darauf und sah grünlichen Schleim auf Lilos T-Shirt kleben.

Hinter ihnen ertönte ersticktes Gekicher, aus dem schallendes Gelächter wurde.

Axel stand im offenen Sarkophag und konnte sich kaum fassen. Seine Hände hatte er mit rötlichen Mullbinden umwickelt.

Er sprang aus dem Sarg und stand in Socken neben seinen Freunden. Die Schuhe hielt er in der linken Hand.

„Du Mistkerl, du hast alles nur vorgespielt!", fauchte Dominik aufgebracht. „Du hast dir einfach deine Schuhe über die Hände gestülpt und damit deine Spur gemacht. Die Mumienspur waren deine Schweißfußsocken!"

Axel konnte gar nicht aufhören zu lachen. Er fuchtelte Dominik mit der bandagierten Hand vor dem Gesicht herum und zwickte ihn in die Nase.

„Richtig, Professor Klugkopf! So war es, genau so. Der Fluch der roten Mumie wird dich also nicht treffen!"

„Axel, das war mies und gemein. Du bist wirklich ein Ekel. Ich finde das überhaupt nicht witzig!", schnaubte Lilo.

Axel verstand die Aufregung seiner Freunde nicht. Ihre entsetzten Gesichter machten ihm großen Spaß. Noch nie zuvor waren sie ihm so auf den Leim gegangen.

„Aber wie bist du in den Sarg gekommen, ohne den Deckel zu öffnen?", wollte Poppi wissen.

Axel führte sie zur Hinterseite, in der ein großes, rundes Loch klaffte. Es war mit Hammer und Meisel hineingeschlagen worden.

„Professor Sabaty hat mir von diesem Sarg erzählt. Gestern, als ihr euch zum dritten Mal eine Nachspeise aus dem Küchenwagen geholt habt!", berichtete er. „Er hat mir auch gesagt, dass der Sarkophag eine Öffnung hat. Sie stammt wahrscheinlich von Grabräubern. Allerdings dürften sich die armen Kerle nicht lange an ihrer Beute erfreut haben. Sie wurden nämlich eingemauert. Seither spuken ihre Geister durch die Gänge. Huuuuuu!"

„Blödmann!", schnaubte Poppi ärgerlich.

Lilo, Poppi und Dominik waren reichlich sauer auf ihren Freund.

Als sie zurück in den Gang krochen, fiel Dominik der Mann von vorhin ein. Er erzählte den anderen von ihm, aber keiner glaubte ihm.

„Du siehst auch schon Gespenster. Jungen sind wirklich das Letzte!", spottete Lilo.

Sie traten aus dem Gang in den breiteren Tunnel und wollten wieder aus der Pyramide hinaus. Als sie aber in den Gang einbogen, der ziemlich steil nach unten zum Ausgang führte, kam ihnen jemand entgegen.

Er hielt eine starke Taschenlampe in der Hand und leuchtete ihnen damit in die Augen.

Lilo legte die Hand vor das Gesicht und versuchte, zwischen ihren Fingern durchzuspähen. „Hallo! Wer ist da? Wir sind es. Poppi, Dominik, Axel und Lilo. Wir gehören zu Frau Klingmeier. Zu Madame!"

Von den ägyptischen Helfern, die bei den Grabungsarbeiten dabei waren, wurde Axels Mutter nämlich Madame gerufen.

Der Unbekannte blieb stehen, antwortete aber nicht auf Lilos Rufen.

Die Knickerbocker zögerten. Sollten sie weitergehen?

Langsam, Schritt für Schritt, kam der Unbekannte näher. Als er nur noch wenige Meter entfernt war, ließ er das Licht der Taschenlampe von unten auf sein Gesicht fallen.

Der Mund war verzerrt, die Nase spitz, und die Augen schienen in tiefen Höhlen zu liegen. Durch die Schatten erschien das Gesicht dämonisch und drohend. Die Haut wirkte noch gelber, noch dünner, noch trockener als bei der ersten Begegnung, die Dominik mit diesem Mann gehabt hatte.

„Wer sind Sie?", fragte Lilo.

Der Mann antwortete nicht.

„Eine Mumie ... eine lebendige Mumie, genau so sieht er aus!", murmelte Poppi.

„Lasst mich mit euren dämlichen Mumien in Frieden!", schnaubte Lilo.

Der Mann hob langsam den rechten Arm. Die Hand hing schlaf und leblos herab.

Mit steifen Schritten kam er auf die Bande zu.

Sein Blick war starr, fast so, als wollte er die vier hypnotisieren.

Er war bei Axel angelangt, und die schlaffe Hand griff nach seinem Arm. Sie packte hart zu. So hart, wie Axel es ihr niemals zugetraut hätte. Die Fingernägel gruben sich tief in seine Haut und taten weh.

Die Hand war kalt, eiskalt, und sie klammerte, als wollte sie Axel nie mehr wieder loslassen.

„He, was soll das?", rief Lilo empört und rüttelte den Mann an der Schulter.

Sie spürte seine Knochen, aber sie spürte kaum Muskeln oder Haut. Plötzlich erschien ihr Poppis Idee von der lebendig gewordenen Mumie nicht mehr so weit hergeholt.

Dominik verlor die Nerven. Schreiend rannte er zurück nach oben und bog in den breiten Tunnel. Er rannte blindlings weiter, vorbei an dem schmalen Gang, in dem sich Axel versteckt hatte, und immer weiter. Poppi folgte ihm.

Axel versetzte dem Mumienmann einen kräftigen Stoß und konnte sich aus seiner Umklammerung befreien. Lilo und er stürmten den beiden jüngeren Mitgliedern der Bande nach.

Sie rannten und rannten und rannten. Immer tiefer drangen sie in die Gänge vor, die sich kreuz und quer durch die Pyramide zogen.

Mit langen Schritten folgte ihnen der unheimliche Mann. Er lief nicht, aber er ging schnell genug, um ihnen immer auf den Fersen zu bleiben. Der Abstand zwischen ihnen und ihm wurde weder kleiner noch größer.

Die Gänge schienen kein Ende zu nehmen.

Die vier gerieten mehr und mehr außer Atem. Sie spürten, dass die Luft in der Pyramide wenig Sauerstoff enthielt. Von ihrem letzten Besuch in Ägypten kannten sie noch den so genannten „Fluch der Pharaonen". Es handelt sich dabei nicht um einen echten Fluch, sondern um einen Pilz, der in den Grabkammern besonders konzentriert vorkommt, da hier seit tausenden von Jahren keine frische Luft hereinkommen konnte. Dringt bei den Ausgrabungen Luft in die Gänge einer Pyramide, setzt der Pilz eine Substanz frei, an der man ersticken kann, wenn man zu viel davon einatmet.

Lilo, Poppi, Dominik und Axel bogen nach rechts in einen Seitengang und nahmen dann gleich die nächste Abzweigung wieder rechts.

Mit einem Aufschrei prallten sie gegen den Mumienmann. Sein Körper war hart wie Metall.

Der Mann verzog keine Miene.

Als die vier entsetzt zurücktaumelten, hob er wieder die rechte Hand. Diesmal aber streckte er sie ihnen warnend entgegen. In gebrochenem Deutsch sagte er: „Warnung! Nur einmal ... wer eindringt hier ... Gefahr. Weg ... ihr und große Leute ... sonst bald schon ... Schicksal von Pharao!"

Nachdem er ausgesprochen hatte, drehte er sich wortlos um und ging mit steifen Schritten davon. Die Knickerbocker hörten seine Schritte verklingen.

Die vier keuchten und brauchten eine Weile, bis sie wieder einigermaßen normal atmen konnten.

„Raus, ich will hier raus!", sagte Dominik leise.

„Das wollen wir alle, aber es wird nicht ganz einfach werden", meinte Lilo. „Oder hat sich einer von euch gemerkt, welchen Weg wir gekommen sind?"

Nein, darauf hatte keiner geachtet.

„Hallo, Sie, bitte, führen Sie uns raus!", schrie Axel dem Mann nach.

Dieser reagierte nicht. Axel hatte auch nicht wirklich damit gerechnet.

„Tja, Leute, wir sitzen fest!", meinte Lilo.

Professor Sabaty hatte sie mehrere Male vor dem Gewirr der Gänge gewarnt. Einer seiner ägyptischen Arbeiter hatte sich einmal verirrt und zwei Tage benötigt, um wieder hinauszufinden.

„So viel Zeit haben wir nicht", sagte Axel leise. Nach zwei Tagen wären sie bestimmt schon verdurstet.

ZWEI VERSCHIEDEN GROSSE FÜSSE

Die vier Freunde ließen sich auf den sandigen Boden sinken und sagten eine Weile gar nichts. Jeder hing seinen düsteren Gedanken nach.

Schuld an allem war Axel. Hätte er sich nicht diesen blöden Scherz ausgedacht, wäre das alles nicht geschehen.

„Das war sicher kein Ägypter", sagte Dominik plötzlich.

„Wer? Was?" Lilo verstand den Zusammenhang nicht.

„Frau Superhirn, wie wäre es mit Denken?", knurrte Dominik. „Wir sind hier nicht gerade Heerscharen von Menschen begegnet, oder?"

„Heerscharen! Wo hast du dieses Wort schon wieder her?", spottete Axel.

Dominik konnte es nicht leiden, wenn sich die anderen über seine Sprache lustig machten. „Es muss nicht jeder so daherreden wie ihr!", gab er zurück. „Und vorhin meinte ich natürlich diesen komischen Typen. Er war bestimmt kein Ägypter."

Poppi warf ihm von der Seite einen Blick zu. „Ich frage mich, ob er überhaupt ein Mensch war. Ausgesehen hat er nicht so. Diese trockene, gelbe Haut, diese Augen, die Nase ..." Poppi schüttelte sich bei dem Gedanken an ihn.

Lilo beschäftigte eine andere Frage: „Ist der Typ uns nachgeschlichen?" Sie gab sich selbst sofort die Antwort. „Nein, unmöglich. Bestimmt wäre er uns in der Wüste aufgefallen. Schließlich gibt es dort nichts, wo er sich hätte verstecken können."

Der Mann musste also bereits in der Pyramide gewesen sein.

Aber wie war er hineingekommen? Außer Professor Sabaty und seinen Mitarbeitern wusste niemand, dass der Zugang in die Pyramide gefunden worden war.

„So ganz zufällig ist das Mumiengesicht sicher nicht vorbeispaziert!", überlegte Axel.

Lilo gab ihm Recht. „Vielleicht war es ein Grabräuber, der sich fette Beute erhofft hat."

Keiner der vier Knickerbocker glaubte an diese

Idee. Der Mann hatte etwas Gespenstisches, Unnatürliches, Unheimliches an sich gehabt. Es musste einen anderen Grund für sein Auftauchen in der Pyramide geben.

„Und wie kommen wir hier wieder raus?", fragte Dominik.

Lilo wischte unruhig mit den Händen über den sandigen Boden des Ganges. Sie wusste es selbst noch nicht.

Plötzlich aber sprang sie auf und sagte: „Ich hab's. Los, Taschenlampen raus und auf den Boden leuchten. Wenn wir Glück haben, können wir unsere eigenen Spuren zurückverfolgen."

Die anderen verstanden sofort und leuchteten den Boden ab. Im Sand war deutlich das Profil von Axels Sportschuhen und Poppis flachen Sandalen zu erkennen.

Die vier gingen jetzt ganz außen an der Wand der Gänge entlang, um die Spuren in der Mitte nicht zu zerstören.

Bald hatten sie herausgefunden, welche Spuren der Mumienmann hinterlassen hatte. Sie hatten eine Besonderheit, die sie sich nicht erklären konnten: Der linke Fuß war deutlich kleiner als der rechte. Lag das nur an den Schuhen, oder waren die Füße des Mannes tatsächlich unterschiedlich groß?

Endlich erreichten sie den breiten Tunnel, in dem alles angefangen hatte. Vom angestrengten Schauen und Suchen waren sie total erschöpft. Der Durst, den sie fast vergessen hatten, meldete sich doppelt heftig wieder.

„Seht mal, der Mumienmann ist in den schmalen Gang gegangen, in dem sich Axel versteckt hat. Also, wo wir dachten, er muss mal", rief Dominik plötzlich aufgeregt.

„Soll er, ich habe keine Lust noch einmal da hineinzugehen!", sagte Axel mit angewidertem Gesicht.

Als sie aus der Pyramide traten, schlug ihnen die heiße Wüstenluft wie eine Keule ins Gesicht.

„Horror! Jetzt müssen wir noch mindestens eine halbe Stunde zurück zum Camp gehen!", stöhnte Dominik.

Die Sonne schien noch heißer geworden zu sein, obwohl es bereits Nachmittag war. Der Sand hatte die Hitze gespeichert und strahlte sie nach oben.

In diesem Moment kam laut hupend ein Jeep angefahren.

„Das ist der Wagen des Professors!", rief Axel, der das Fahrzeug erkannt hatte.

Hinter dem Steuer saß Frau Klingmeier und winkte den vieren zu. „Hallo, wo bleibt ihr so lange?

Ich habe mir schon Sorgen gemacht. Los, steigt ein!"

Die vier Freunde atmeten erleichtert auf und krochen in den Jeep.

„Hast du eine Wasserflasche mit?", fragte Axel.

Frau Klingmeier nickte. „In der Wüste darfst du niemals ohne Wasser sein. Das kann lebensgefährlich werden."

Sie holte unter ihrem Sitz eine große Feldflasche hervor, die in einer dicken Filzhülle steckte. Der Filz war wassergetränkt, um den Inhalt der Flasche zu kühlen.

Gierig griffen alle vier gleichzeitig danach und es entstand ein kleiner Kampf um die Flasche.

„Und, wie war's in der Pyramide? Habt ihr die Kräfte gespürt, von denen Professor Sabaty immer spricht?", wollte Frau Klingmeier wissen. „Er behauptet, dass es irgendwo in der Pyramide eine Stelle gibt, an der ein normaler Mensch sogar schweben kann!"

„Was? Das ist doch unmöglich!", riefen die vier.

„Für den Professor ist in einer Pyramide nichts unmöglich. Er behauptet, dass in Grabkammern bereits Speisen gefunden wurden, die mehrere tausend Jahre alt sind. Durch die Kraft der Pyramide sind sie nicht verdorben. Er hat mir sogar erzählt, ein Mensch könne sich von der Kraft der Pyramide aufladen lassen wie eine Batterie."

Axel, Lilo, Poppi und Dominik warfen einander Blicke zu und tippten sich an die Stirn.

„Ich kann es auch nicht glauben, aber trotzdem ist mir schon einige Male sehr seltsam zu Mute geworden, als ich in der Pyramide war. Ich will übrigens nicht, dass ihr noch einmal ohne Begleitung hineingeht, verstanden?"

Die vier nickten artig.

„Habt ihr irgendetwas Besonderes entdeckt?", fragte Frau Klingmeier. Es war ihr nicht entgangen, wie erschöpft die Bande war.

„Ja!", sagte Poppi.

„Nein!", versuchten die anderen sie zu übertönen.

„Was jetzt?" Frau Klingmeiers Stimme bekam jenen bohrenden Ton, den Axel nicht leiden konnte.

„Na ja, du weißt schon … der Mumiensarg, auf den der Professor vor ein paar Tagen gestoßen ist!", sagte Axel lässig.

Seine Mutter hob wissend die Augenbrauen. „Ja, er behauptet, dass er wahrscheinlich aufgestellt wurde, um Grabräuber abzuschrecken. Er sollte ihnen sagen, hier war schon jemand vor euch. Es ist nichts mehr zu holen."

„Und, ist noch etwas in der Pyramide zu holen?", wollte Axel wissen.

„Professor Sabaty war heute im Ägyptischen Museum und hat dort einen Kollegen getroffen, der mehr über die Pyramide weiß. Ich war beim Gespräch nicht dabei, weil ich Besorgungen machen musste. Aber bestimmt erzählt er heute Abend, was er erfahren hat."

Ausweichende Antworten

Professor Sabaty war höchstens vierzig Jahre alt und hatte drei besondere Kennzeichen: Seine Stimme war hoch und kippte hin und wieder. Wenn er sprach, klang es ein bisschen wie Kichern oder Gackern. Sein Gesicht war schweinchenrosa. Es hatte keine einzige Falte. Und sein Haar war weizenblond und ganz kurz geschnitten. Auch seine Augenbrauen und die Bartstoppeln waren blond.

Der Archäologe sah nicht wie ein weiser Wissenschaftler aus. Wer ihn nicht kannte, hätte ihn auf den ersten Blick und bei den ersten paar Sätzen, die er sprach, für einen überdrehten Spinner halten können. Aber das war Professor Sabaty ganz und gar nicht.

Der Archäologe und seine Mitarbeiter wohnten

nicht in Zelten, sondern in Wohnwagen und Campingbussen, die in einem Kreis aufgestellt waren. Alle besaßen Klimaanlagen. Denn so glühend heiß es tagsüber auch war – in der Nacht konnte die Temperatur manchmal bis auf sechs, sieben Grad fallen. Ohne Heizung hätte es dann schlimme Erkältungen gegeben.

Axel hatte seiner Mutter ganz bewusst nichts von dem Mumienmann erzählt, denn sie hätte sich sicher aufgeregt. Es stand aber für ihn fest, dass der Professor als Leiter der Ausgrabungen von dem Unbekannten erfahren musste. Also ging er zu dem etwas schäbigen Wohnwagen, in dem Professor Sabaty wohnte, und klopfte.

Von drin kam ein Gemurmel, das alles bedeuten konnte. Axel beschloss, es als „herein" zu hören, und trat ein.

Der Professor schrak hoch. Er hatte am Tisch über Aufzeichnungen gesessen und hatte wahrscheinlich doch nicht zum Eintreten aufgefordert. Hastig raffte er die Zettel zusammen und schob sie in eine Mappe. Dann wandte er sein rosiges Gesicht dem Besucher zu.

„Tag, Axel! Ich wollte eigentlich nicht gestört werden!", gab er in seiner quiekenden Stimme von sich.

„Es ist aber wichtig", sagte Axel.

Der Professor hob fragend die blonden Augenbrauen, und Axel begann zu berichten. Als er den Mann beschrieb, dem sie in der Pyramide begegnet waren, beobachtete er, wie sich die dunklen Augen des Professors vor Schreck weiteten.

„Kennen Sie den Mann?", fragte Axel.

Professor Sabaty lächelte gekünstelt und sagte: „Kennen … nein … habe ihn weder gesehen noch je von ihm gehört. Fahr fort!"

Axel berichtete auch von der Warnung, und der Professor begann unruhig mit den Fingern auf den Tisch zu trommeln.

„Entschuldigung, aber … aber wieso sagen Sie mir nicht, was mit diesem Mann los ist? Sie wissen doch etwas!", platzte Axel heraus.

Professor Sabaty blickte ihn überrascht an. „Nein, da irrst du dich. Ich … ich bin nur sehr beschäftigt im Augenblick. Mir geht etwas ganz anderes durch den Kopf. Wir sprechen später darüber. Bestimmt war der Mann nur ein Nomade, der vorbeigekommen ist. Zufällig. Ab heute bitte keine Besuche mehr in der Pyramide, verstanden? Es handelt sich um eine wissenschaftliche Grabungsstätte und nicht um einen Kinderspielplatz!"

Beleidigt schob Axel die Unterlippe vor. Das hatte ihm gerade noch gefehlt!

Mit einer schnellen Handbewegung gab ihm der Professor zu verstehen, dass er gehen konnte.

„Und was war?", fragten die anderen, die draußen auf Axel gewartet hatten.

„Bisher war er mir sympathisch, aber jetzt finde ich ihn echt widerlich. Der weiß etwas, sagt es uns aber nicht", berichtete Axel seinen Freunden.

Das Abendessen fand wie immer unter einem großen Zeltdach statt. Die Mitarbeiter und die Knickerbocker-Bande saßen an langen Holztischen, der Professor hatte den Vorsitz. An diesem Abend war die Tischrunde sehr schweigsam. Es gab einen scharf gewürzten Eintopf, der den vier Freunden nicht sonderlich schmeckte. Sie ließen die Hälfte stehen und hofften auf eine leckere Nachspeise.

Aber sie hofften vergeblich. Ahmed, der Koch, war nämlich gegangen. Er hatte dem Professor in einem kurzen Brief am Vormittag mitgeteilt, dass er diesen „Platz der Gefahr" verlassen musste. Doch er hatte einen Kollegen gefunden, der für ihn einsprang und Ahmeds Befürchtungen für lächerlich hielt. Sein Name war Pierre.

„Darf ich noch jemandem nachgeben?", fragte Pierre und ging mit dem Topf um den Tisch herum.

Fast alle lehnten ab. Keinem hatte es wirklich geschmeckt. „Es tut mir Leid, dass ich heute nur einen Gang zubereiten konnte, aber ich bin erst am Nachmittag hier angekommen. Ahmed hat mir leider nicht gerade viele Vorräte hinterlassen. Er scheint schon länger nicht mehr eingekauft zu haben!", entschuldigte sich Pierre.

„Wieso ist er überhaupt gegangen?", fragte ihn der Professor.

Pierre zuckte die Schultern. „Ich weiß das auch nicht genau. Er behauptet, er sei im Traum aufgefordert worden, so schnell wie möglich von hier zu verschwinden. Wer sich zu nahe an der Pyramide aufhalte, schwebe in großer Gefahr. Natürlich halte ich nichts von diesem Geschwätz, aber Ahmed ist sehr abergläubisch."

„Woher kennen Sie einander?", wollte der Professor wissen.

„Wir haben beide im Kairo Palace, einem der schönsten Hotels von Ägypten, gearbeitet. Dort haben wir uns in der Küche kennen gelernt", erklärte Pierre.

„Sind Sie Franzose?", erkundigte sich Dominik.

Pierre nickte. „Aus der Hafenstadt Marseille."

Die ägyptischen Helfer begannen zu tuscheln. Anscheinend waren sie mit Pierres Kochkünsten nicht einverstanden.

Einer von ihnen – er war sehr hager und dünn, besaß aber unglaubliche Kräfte – ging zum Professor. Lilo hörte ihn in gebrochenem Deutsch sagen: „Wir brauchen besseres Essen, sonst können wir nicht gut arbeiten. Wir nicht verstehen, wo Ahmed gegangen ist. Er gestern nichts gesagt. Wieso so schnell und ohne verabschieden?"

Der Professor hatte eine Erklärung: „Ich denke, es war ihm unangenehm, uns gegenüber als abergläubisch zu erscheinen. Da hat er die Gelegenheit genützt, als wir alle fort waren. Das heißt, die Kinder waren im Lager. Hat er zu euch nichts gesagt?"

Die vier verneinten. Sie hatten Ahmed nach dem Frühstück nicht mehr gesehen.

„Was haben Sie über die Pyramide im Ägyptischen Museum herausgefunden?", platzte Dominik plötzlich heraus.

Wieder beobachtete Axel, wie sich die Augen des Professors erschrocken weiteten. Dominik musste einen wunden Punkt getroffen haben.

„Ich ... ich konnte in einige Aufzeichnungen über diese Gegend Einblick nehmen. Auch über das Leben des Pharaos, der hier bestattet ist. Aber die Aufzeichnungen haben nichts Neues gebracht."

„Befindet sich in der Pyramide eine Grabkammer mit Schätzen und so?", wollte Axel wissen.

Der Professor überlegte lange, bevor er antwortete. „Die ägyptischen Pyramiden stecken voller Geheimnisse, zu denen wir nur nach und nach mit großer Geduld Zugang finden. Auch bei dieser Pyramide verhält es sich nicht anders."

Lilo beugte sich zu Axel und flüsterte ihm zu: „Tolle Antwort. Er hat zwar geredet, aber nichts gesagt. Den Trick muss ich mir für Prüfungen merken."

Ausnahmsweise war es diesmal nicht Lilo, die ihre Nasenspitze zwirbelte und knetete. Sie machte das sonst immer, wenn sie angestrengt nachdachte. An diesem Abend war es aber Axel, der versuchte auf diese Art seine Gehirnzellen ein bisschen auf Trab zu bringen.

Er wollte mehr wissen, genau wie seine Freunde. Und mit den ausweichenden Antworten des Professors würde er sich nicht zufrieden geben. Bestimmt nicht. Wenn Professor Sabaty nicht mit der Wahrheit herausrücken wollte, würden sie sich die Informationen eben besorgen.

ÜBERRASCHENDE AUFZEICHNUNGEN

„Ihr spinnt, das mache ich nicht!", sagte Poppi entrüstet.

„Das machst du schon, weil wir sonst nichts erfahren!", antwortete Axel eindringlich.

„Das ist Quatsch!", wehrte sich Poppi.

„Das ist kein Quatsch!", gaben die anderen zurück.

Poppi war überstimmt. Trotzdem hielt sie den Plan für bescheuert.

„Er kommt, los, alle auf die Posten!", zischte Axel.

Professor Sabaty kam aus seinem Wohnwagen und überquerte den Platz. Wasser war knapp, und deshalb gab es nur einen Gemeinschaftswagen, in dem sich die Toilette und die Dusche befanden. Außen an der Tür befand sich ein Riegel, der immer geschlossen werden musste, damit die Tür nicht aus Versehen offen blieb und irgendwelche Tiere, von der Feuchtigkeit angezogen, eindrangen.

Der Professor hatte ein Handtuch um die Hüfte gebunden und warf immer wieder die Seife in die Luft. Es war etwas sehr Angenehmes, am Ende des Tages den ganzen Schweiß abzuwaschen.

Lilo, Poppi, Dominik und Axel saßen vor dem Wohnwagen, der ihnen zur Verfügung gestellt worden war, und taten so, als würden sie Karten spielen. Kaum war der Professor im Duschwagen verschwunden, gab Axel mit dem Kopf ein Zeichen.

Widerstrebend lief auch Poppi zum Duschwagen und schob den Riegel von außen zu. Es würde noch eine Weile dauern, bis der Professor wieder hinauswollte, aber dann musste er unbedingt aufgehalten werden.

Lilo lief zu den ägyptischen Helfern. Sie saßen außerhalb des Wohnwagenkreises und unterhielten sich leise. Ahmeds plötzliche Abreise hatte sie beunruhigt.

„He, sagt, singt ihr in Ägypten nie?", fragte Lilo.

Der hagere Mann, der zuvor mit dem Professor gesprochen hatte, blickte sie erstaunt an. Sein Name war Yasser, fiel Lilo wieder ein.

„Bitte, bringt mir ein ägyptisches Volkslied bei.

Ich möchte das gerne mit nach Hause nehmen und damit ein bisschen angeben!"

Lilo lächelte so strahlend, dass die Männer ihre Unterhaltung unterbrachen. Yasser, der am besten Deutsch sprach, übersetzte, was sie gesagt hatte.

Die Ägypter nickten und redeten durcheinander auf Lilo ein. Sie wollten ihr nicht nur ein Lied, sondern auch gleich einen Tanz beibringen.

Umso besser, dachte Lilo. Hauptsache, sie hören nicht, wenn der Professor aus der Dusche will und gegen die Tür trommelt.

Dominik hatte die Aufgabe, Frau Klingmeier zu

beschäftigen. Natürlich schaffte er das ohne Probleme. Er schloss die Wohnwagentür hinter sich und verwickelte sie in ein Gespräch über das alte Ägypten. Zu seiner großen Erleichterung drang von draußen kaum ein Laut herein. Die Wohnwagen waren gut isoliert.

Axel aber schlich sich in den Wagen des Professors. Natürlich war ihm aufgefallen, wie schnell der Professor bei seinem Besuch die Notizen hatte verschwinden lassen. Es war klar, dass sie wichtige Informationen enthielten, die Sabaty aber nicht verraten wollte.

Axel entdeckte die Aufzeichnungen in der Mappe auf dem Tisch und überflog sie hastig. Es waren zum Teil fotokopierte Seiten aus Büchern, aber auch handschriftliche Aufzeichnungen des Professors. Zu Beginn war seine Schrift klar und gut lesbar. Zur Mitte hin aber wurde sie immer krakeliger und schneller. Der Professor schien immer aufgeregter geworden zu sein.

Axel erging es beim Lesen nicht anders. Er verstand zwar nur die Hälfte, aber die reichte völlig aus, um sein Herz zum Rasen zu bringen. Er versuchte sich so viel wie möglich zu merken. Dominik wäre für diesen Einsatz bedeutend besser geeignet gewesen. Er hatte das beste Gedächtnis.

„Ich pack es nicht!", schnaubte Axel, als er ungefähr zwei Drittel der Aufzeichnungen überflogen hatte. Stimmte das, was er da las, so bedeutete es eine wissenschaftliche Sensation.

Axel konnte nur nicht verstehen, wieso nicht schon früher jemand darauf gestoßen war. Wie war es möglich, dass der Professor an diesem Nachmittag so wichtige Informationen erhalten hatte? Von wem hatte er sie überhaupt bekommen? Und wieso nützte derjenige sie nicht für sich selbst? Dieses Wissen könnte ihn weltberühmt und ganz bestimmt auch steinreich machen.

Professor Sabaty hatte mittlerweile seine Dusche beendet und sich unter lautem Schnauben abgetrocknet. Die Geräusche erinnerten Poppi an ein Nilpferd, das gerade aus dem Wasser kam.

Das Lächeln verging ihr allerdings schnell wieder, denn der Professor wollte zurück zu seinem Wohnwagen, und dort war noch immer Axel beschäftigt.

Poppi beobachtete angstvoll den Riegel, der ihr nicht sehr widerstandsfähig erschien.

Der Professor rüttelte von innen an der Tür und drückte immer wieder heftig auf die Türklinke.

„Mist, was ist denn da los?", schimpfte er und begann gegen die Tür zu trommeln.

Es war laut, schrecklich laut!

Poppi hörte die ägyptischen Helfer singen und hoffte, dass sie den Krach nicht hörten. Zitternd lehnte sie sich an die Tür und hielt den Riegel fest. Ließ sie ihn los, drohten die Schrauben, mit denen er befestigt war, aus der Holzwand des Duschwagens zu brechen.

„Ja, was soll denn das? Hört mich niemand? Wo sind denn alle?", tobte er.

Als er noch immer keine Antwort bekam und auch niemand zu Hilfe eilte, legte er eine Pause ein.

Poppi atmete erleichtert auf.

Nach ein paar Sekunden unternahm der Professor den nächsten Versuch, aus der Dusche zu gelangen. Er riss so heftig am Türknauf, dass Poppi größte Mühe hatte, den Riegel festzuhalten. Dann aber gab es einen leisen Knacks, die Schrauben lockerten sich. Um Schlimmeres zu verhindern, zog Poppi den Riegel auf. Die Tür öffnete sich mit Schwung. Der Professor war so überrascht, dass er aus dem Duschwagen stolperte und der Länge nach auf den Boden schlug.

Poppi konnte sich gerade noch hinter den Wagen retten und dort verstecken.

Axel aber saß in der Falle.

BÖSE KRÄFTE

Noch immer saß Axel über die Aufzeichnungen gebeugt und versuchte das Gekritzel des Professors zu entziffern. Die Informationen, die es enthielt, waren unglaublich. Axel war klar, dass er so viel wie möglich lesen und behalten musste. Später könnten diese Informationen noch sehr wichtig werden.

Von draußen drangen drei kurze Pfiffe zu ihm: Der Warnpfiff der Knickerbocker-Bande!

Axel stürzte zum Fenster des Wohnwagens und sah den Professor, der sich gerade aufrappelte und den Sand abklopfte. Mit energischen Schritten kam er auf seinen Wohnwagen zu.

„Verdammter Mist!", murmelte Axel. Er schob mit zitternden Händen die Aufzeichnungen wieder zusammen und stopfte sie in die Mappe. Dabei zerknitterte er einige der Zettel. Sabaty würde bestimmt bemerken, dass jemand geschnüffelt hatte.

„Er darf mich nicht erwischen!" Axel suchte verzweifelt nach einem Ausweg. Wie sollte er aus dem Wohnwagen kommen? Außer der Tür gab es noch zwei Fenster, doch die führten auch alle nach vorn.

Poppi schlich geduckt zu dem Wagen, in dem Axels Mutter mit Dominik saß. Sie musste ihn warnen. Vielleicht konnte er etwas unternehmen.

„Ich bin eine Versagerin. Das mit der Tür hätte mir nicht passieren dürfen", dachte Poppi traurig.

Erschrocken blieb sie stehen.

Auf der Rückseite von Frau Klingmeiers Wohnwagen war jemand. Er lehnte ganz eigenartig an der Wand. Wer war das und was machte er da?

Poppi stand stocksteif da und hielt die Luft an.

Ganz in der Nähe knirschten die Schritte des Professors.

Die dunkle Gestalt erschrak und richtete sich auf. Sie hatte gelauscht und dazu das Ohr an die Wand gepresst. Jetzt spähte sie zwischen den Wohnwagen auf den Platz in der Mitte, der von mehreren Lampen erhellt wurde.

Das Licht, das durch den Spalt fiel, beleuchtete das Gesicht des Mannes.

Es war der Mumienmann aus der Pyramide!

Er drehte sich in Poppis Richtung und ergriff die Flucht. Dabei stieß er mit dem Mädchen zusammen, und beide stürzten zu Boden.

Eine kalte, trockene Hand legte sich sofort auf Poppis Mund und erstickte den Schrei, den sie ausstoßen wollte.

„Psst!", zischte der Mann. „Sonst ..." Er machte mit der anderen Hand eine eindeutige Bewegung quer über Poppis Hals. Dann sprang er auf und rannte davon.

Poppi zitterte so heftig, dass sie einen Augenblick lang wie gelähmt war.

Axel! Er saß immer noch im Wohnwagen des Professors fest!

Sie kroch auf allen vieren zwischen den Wagen durch und sah, dass Professor Sabaty in die Richtung ging, aus der der Gesang kam. Lilos Ablenkungsmanöver wirkte!

Im selben Moment stürzte Axel aus dem Wohnwagen des Professors. Er rannte zum Wagen der Knickerbocker-Bande und flüchtete hinein.

Von der Tür aus stieß er einen langen Pfiff aus. Entwarnung! Aktion beendet!

Eine halbe Stunde später saßen alle vier Knickerbocker in ihrem Wohnwagen beisammen. Erwartungsvoll starrten Lilo, Dominik und Poppi Axel an.

„Los, sag schon, was hast du herausgefunden?", drängte Lilo.

„Ihr werdet es mir nicht glauben", begann Axel.

„Das entscheiden wir, wenn wir es gehört haben!", meinte Dominik weise.

Axel schnitt eine Grimasse und begann zu erzählen.

Keiner der vier Junior-Detektive bemerkte den Lauscher, der sich ihrem Wohnwagen genähert hatte und nun mithörte.

„In der Pyramide befindet sich mit allergrößter Wahrscheinlichkeit gar nicht das Grab eines Pharaos", berichtete Axel.

„Sondern?" Die anderen richteten sich gespannt auf.

„Ich muss das genau erklären, so wie es der Professor notiert hat. Also es gibt Aufzeichnungen von ägyptischen Astronomen …"

„… also von Himmelskundlern, die den Lauf der Gestirne beobachteten!", warf Dominik altklug ein.

„Was denn sonst?", knurrte Axel und rollte ungeduldig die Augen. „Also, es gibt Aufzeichnungen, die bisher nicht wirklich entziffert und entschlüsselt werden konnten. Sie sind nicht in der üblichen Bilderschrift der alten Ägypter verfasst, also nicht in den bekannten Hieroglyphen, sondern in einer Art Geheimschrift."

Die vier rückten näher zusammen, damit Axel nicht so laut sprechen musste.

„Einem Forscher im Ägyptischen Museum ist es gelungen, diese Zeichen endlich zu entziffern und den Code zu knacken. Was er dabei herausgefunden hat, konnte er augenscheinlich selbst nicht glauben. Er hat es streng geheim gehalten, doch der Mann scheint ein Freund von Professor Sabaty zu sein."

„Komm endlich zur Sache!", drängte Lilo.

„Vor etwa 5500 Jahren scheinen Außerirdische in Ägypten aufgetaucht zu sein. Es ist durchaus möglich, dass sie den Gelehrten von damals Wissen gebracht haben, zu dem diese sonst nie gekommen wären!"

Die Gesichter von Axels Freunden wurden immer ungläubiger.

„Ehrenwort, das steht in den Notizen des Professors. Aber der Hammer kommt erst. Die Außerirdischen hatten übernatürliche Kräfte. Sie konnten allein durch Gedankenkraft Feuer entfachen, Unwetter auslösen, Überschwemmungen entstehen lassen und sogar große Steine bewegen, als wären sie aus Watte."

Dominik kratzte sich am Kinn. „Ist das vielleicht eine Erklärung, wie die Pyramiden erbaut wurden? Es wird nämlich noch immer darüber gerätselt, wie die Ägypter ohne Baumaschinen und Kräne die riesigen, tonnenschweren Steinbrocken bewegt haben."

Axel hob die Hände und sagte: „Wartet, das ist

noch immer nicht alles. Den Aufzeichnungen zufolge sind vier Außerirdische nach Ägypten gekommen. Wegen ihrer ungeheuren Macht hielten die Leute sie für Götter. Sie wurden zu Pharaonen gemacht und sollten gemeinsam herrschen.

Aber sie starben nach kurzer Zeit, wahrscheinlich nach ein paar Wochen oder höchstens zwei Monaten. Die Ägypter wollten mit ihnen das tun, was sie mit jedem verstorbenen Herrscher taten: Sie wollten sie einbalsamieren."

„Was bedeutet das eigentlich?", fragte Poppi dazwischen.

Dominik schob seine Brille auf der Nase auf und ab. „Willst du es wirklich wissen? Es ist nicht gerade appetitanregend."

Poppi nickte energisch.

„Die Eingeweide wurden aus dem Leichnam entnommen. Das Gehirn – jetzt wird's eklig – haben die Ägypter mit Hilfe einer langen Metallgabel durch die Nase entfernt."

Poppi schluckte.

„Der Körper wurde dann in Natron gelegt und auf diese Weise ausgetrocknet. Später wurde er in eine Art Teer getaucht und mit Leinenstreifen umwickelt. Bei manchen Mumien waren die Streifen mehr als 1000 Meter lang. Na ja, nur durch diese

Behandlung haben die Körper sich über die Jahrtausende bis heute gehalten."

Poppi lächelte schwach. Sie wollte nicht zeigen, dass sie den Vorgang höchst unappetitlich fand.

Axel platzte fast. „Wenn ihr endlich mal die Klappe halten würdet, könnte ich fertig erzählen. Diese Außerirdischen waren zwar körperlich tot. Doch ihre Kräfte, vor allem die telechinesischen …"

„… telekinetischen!", verbesserte ihn Dominik.

„Genau die … also die waren nicht zu Ende. Angeblich begannen die Augen der toten Außerirdischen in der Nacht zu glühen. Wurden sie mit Respekt behandelt, verhielten sie sich ruhig. Geschah aber etwas in ihrer Umgebung, das ihnen missfiel, lösten sie nur durch die Kraft ihrer Gedanken Katastrophen aus. Sie sollen viele Menschen auf dem Gewissen haben.

Die Priester sahen ein, dass sie gegen diese Kräfte nichts ausrichten konnten. Deshalb wollten sie die Körper einbalsamieren. Doch es gelang nicht. Es gab kein Messer, das die Haut der Wesen auch nur geritzt hätte. Als sie sich mit dem Werkzeug zur Entfernung des Gehirns näherten, wurden sie wie von einer unsichtbaren Hand gegen die Wand geschleudert.

Schließlich ließ man die Wesen, wie sie waren,

und legte sie in steinerne Särge. Diese wurden in der Pyramide versteckt, die Professor Sabaty geöffnet hat. Alle, die den Weg zur Grabkammer kannten, wurden getötet. Niemand sollte den Weg jemals verraten. Man befürchtet, dass die Außerirdischen auch heute noch über ihre telekinetischen Kräfte verfügen könnten. Angeblich werden sie von der Kraft der Pyramide gefangen gehalten. Doch befreit sie eines Tages jemand, wird es gefährlich. Wahnsinnig gefährlich!"

Lilo stieß einen langen Pfiff aus. „Wenn nur ein Viertel davon wahr ist, gibt das eine Sensation."

Axel nickte. „Aber wenn die Geschichte stimmt, weiß man nicht, welche Folgen das haben kann. Ich denke, dass der Entdecker dieser Aufzeichnungen sie deshalb so lange geheim gehalten hat."

Jetzt verstanden die vier Freunde, wieso Professor Sabaty nicht darüber reden wollte. Sie saßen schweigend da und grübelten vor sich hin.

Plötzlich klopfte jemand an die Wohnwagentür.

Erschrocken zuckten die vier zusammen.

VON BILDERN VERFOLGT

Axel warf den anderen einen fragenden Blick zu. Sollten sie öffnen?

Es klopfte wieder, diesmal ungeduldiger.

„Schlaft ihr schon?", kam eine Stimme von draußen. Am Akzent war zu erkennen, dass es sich um Pierre handelte.

Lilo machte auf, und der neue Koch steckte den Kopf in den Wagen.

Pierre war ein kauziger Typ. Er hatte rotblondes, gekräuseltes Haar, das im Nacken zu einem dicken Pferdeschwanz zusammengebunden war. Er hatte sich ein rotes Tuch wie ein Stirnband um den Kopf gebunden, und beim Sprechen blickte er ständig von einem zum anderen. Er schien immer zu lachen und zwinkerte den Freunden aufmunternd zu.

„Ich habe gesehen, dass ihr nur wenig gegessen habt. Kinder in eurem Alter wachsen und haben immer Hunger. Ihr doch bestimmt auch?", sagte er mit seinem weichen französischen Akzent.

Die vier Freunde nickten. Der Hunger war bereits eine Stunde nach dem Mittagessen zurückgekehrt.

„Wie wäre es mit einem kleinen Nacht-Picknick? Ich habe alles zusammengesucht, was die Küche noch zu bieten hat!", schlug Pierre vor.

Kurze Zeit später saßen sie im Küchenwagen an einem winzigen Tisch und futterten eine Mischung aus Nüssen, getrockneten Früchten, Müsli mit scharfen Gewürzen (angeblich eine Spezialität der Südsee), Essiggurken, Dauerwurst, Brot aus der Dose und Würstchen aus der Dose.

Es schmeckte so gut wie die besten Hamburger, Pizzas und Schnitzel der Welt.

Pierre sah sich in der kleinen, sehr abgenützten und schäbigen Küche um. „Also lange bleibe ich hier nicht!", sagte er wohl mehr zu sich selbst.

„Na ja, bleib wenigstens bis nächsten Dienstag, da reisen wir auch ab. Und wenn es bis dahin nichts Richtiges zum Futtern gibt, drehe ich noch durch", meinte Axel mit vollen Backen.

„Spürt ihr es auch?", fragte Pierre.

Lilo blickte ihn überrascht an. Was meinte er?

„Ahmed hat von bösen Strahlen gesprochen, als er mich angerufen hat. Er hat mich gewarnt. Aber der Job als Koch hier ist sehr gut bezahlt. Deshalb habe ich angenommen. Doch ich bemerke es, seit ich hier bin. Es liegt etwas in der Luft. Es ist wie vor einem Gewitter. Man spürt es, obwohl der Himmel noch blau und ohne Wolken ist."

Lilo, Axel, Poppi und Dominik hörten so gebannt zu, dass sie vergaßen zu kauen.

„Was ist? Habt ihr eine Störung?", fragte Pierre grinsend.

„Nein … aber … aber das mit den negativen Strahlen und so … na ja, es ist komisch, dass Sie das sagen!", meinte Axel.

„Erstens, duzt mich bitte, und zweitens, wieso findet ihr das komisch? So etwas gibt es. Und wir befinden uns hier an einem Ort, an dem sich vor tausenden von Jahren viel ereignet hat. Ich weiß auch nicht, ob man das Recht hat, die Ruhe der Toten zu stören."

„Es könnte einen ja der Fluch der Pharaonen treffen!", hauchte Dominik mit geheimnisvoller Stimme.

„Ja!", stimmte ihm Pierre zu. „Davon habe ich auch schon gehört."

„Das mit dem Fluch ist alles Unsinn! Wir kennen uns da gut aus!", widersprach Lilo. Sie berichtete von ihrem ersten Erlebnis in Ägypten, von dem Fluch des Pharaos und der Rache der Roten Mumie.* „Am Ende hat es für alles eine natürliche Erklärung gegeben", schloss Lilo ihre Erzählung.

„Trotzdem gibt es Dinge, die sich nicht logisch erklären lassen. Ich habe selbst einiges erlebt. Hier in Ägypten. In der Nähe von Gräbern. Bis heute verfolgen mich die Bilder jener Ereignisse."

---

*) siehe Band 17: „Die Rache der roten Mumie"

Pierre sprach nicht weiter, sondern starrte vor sich hin. Sein Blick war leer, seine Augen glasig.

„Und welche Bilder und Ereignisse sind das?", wollte Lilo wissen.

Pierre erwachte aus seinen Gedanken und war sofort wieder der Alte: quirlig, fröhlich und immer in Bewegung. „Nicht so wichtig", meinte er und lachte.

Lilo hielt es schon für wichtig, aber Pierre wollte nichts erzählen. Und das Superhirn wusste aus Erfahrung, dass man niemanden zwingen konnte, etwas zu sagen.

Von der Hitze und den Aufregungen waren die vier völlig erschöpft. Gegen elf fielen sie todmüde in die Betten.

Axel erwachte ein paar Stunden später, weil er pinkeln musste. Er holte seine Taschenlampe aus dem Schlafsack und schlüpfte in die Trainingshose. Vorsichtig öffnete er die Tür und trat in die Dunkelheit hinaus.

Quer über den Platz waren sechs Lampen aufgestellt, die Leuten wie ihm den Weg zum Toilettenwagen zeigten.

„Ach was, ich gehe einfach hinter den Wohnwagen", sagte Axel leise zu sich.

Er tappte schlaftrunken nach hinten. Nachdem er sich erleichtert hatte, wollte er so schnell wie möglich wieder zurück in seinen Schlafsack.

Die Nacht war kalt und unheimlich still.

Aber was war das? Flüsterte da nicht jemand?

Auf Zehenspitzen schlich Axel an der Rückseite der Wohnwagen entlang.

Aus dem hinteren Fenster des Küchenwagens fiel ein schwacher Lichtschein. Axel erkannte zwei Männer, die neben dem Wagen standen und rauchten.

Einer war Pierre. Aber wer war der andere? Pierre verdeckte ihn mit seinem breiten Rücken.

Axel kroch geduckt noch ein Stückchen näher.

Pierre schleuderte seine Zigarette in den Wüstensand und sah zu, wie sie dort weiterglomm. Er redete Französisch mit dem anderen.

Aber im Lager sprach doch niemand Französisch!

Als Pierre einen Schritt zur Seite machte, geriet der andere kurz in den Lichtschein, der aus dem Fenster fiel.

Axel ballte die Hände zu Fäusten und bohrte sich die Fingernägel tief in die Haut.

RÜCKKEHR
IN DIE PYRAMIDE

„Das gibt es doch nicht!", sagte Lilo immer wieder. „Das ist unmöglich. Du musst das geträumt haben."

Axel war empört. „Hör zu, Frau Oberschlau. Ich bin nicht total verblödet. Ich habe die beiden miteinander reden sehen. Und es wirkte, als würden sie einander gut kennen. Als wären sie alte Bekannte. Die stecken unter einer Decke und haben hier etwas vor. Ich garantiere es dir."

Lilo flocht energisch ihre Zöpfe. Sie konnte nicht fassen, was Axel berichtete.

Pierre hatte mit dem Mumienmann gesprochen. Axel hatte das gespenstische Gesicht sofort erkannt.

Pierre und der Mumienmann – woher kannten sie sich? Was hatten sie vor? Was lief da? Wieso war der Professor so erschrocken, als Axel von dem Mumienmann erzählte? Warum wollte der Mumienmann, dass sie verschwanden? Wieso war der Koch gegangen, und warum hatte auch Pierre so düstere Gedanken und Gefühle?

„Die machen gemeinsame Sache und wollen an die Außerirdischen heran. Der Fund ist eine Sensation für die Wissenschaft und für die Menschheit!", meinte Dominik.

„Und er kann eine große Katastrophe sein, wenn die telekinetische Kraft noch immer wirkt und in falsche Hände gerät!", warnte Poppi.

„Mann, hab doch nicht immer so viel Angst!", winkte Axel lässig ab. Dass er selbst in der Nacht beim Anblick des bleichen Mumienmannes ganz entsetzlich erschrocken gewesen war, verschwieg er geflissentlich.

Beim Frühstück wirkte Professor Sabaty sehr zerdrückt. Sein sonst so glattes Gesicht war heute ungewohnt faltig und zerknittert.

„Ich fahre heute allein zur Pyramide. Ich muss einige Messungen vornehmen, bei denen ich nicht gestört werden möchte!", verkündete er.

„Ich muss dringend einkaufen gehen", erklärte Pierre. „Kommt ihr mit?", fragte er die Knickerbocker.

„Nein, heute nicht, aber vielleicht morgen oder

übermorgen", antwortete Lilo und schenkte ihm ihr strahlendstes Lächeln.

Pierre erwiderte es.

„Hör auf zu flirten, was soll das?", mischte sich Axel ein.

„Eifersüchtig?", fragte Lilo grinsend.

„Auf den doch nicht!", brummte Axel.

„Wir fahren natürlich mit dem Professor, als blinde Passagiere!", flüsterte Lilo den anderen zu. „Versteckt euch hinten in seinem Jeep. Wir verteilen uns jetzt, damit keiner bemerkt, dass wir verschwinden."

Die anderen nickten kurz. Sie hatten verstanden und wussten, was zu tun war.

Axel erzählte seiner Mutter etwas von „Wüsten-Erkundungstour", weil er in der Schule ein Referat zum Thema Wüste halten musste. Die anderen würden ihn begleiten, sie solle sich keine Sorgen machen.

Frau Klingmeier war einverstanden, da sie für Professor Sabaty jede Menge Schreibarbeiten zu erledigen hatte.

Die offene Ladefläche des Jeeps war ziemlich geräumig. Auf ihr stand eine große Kiste für Ausrüstungsgegenstände. Die vier Freunde wussten, dass diese zurzeit leer war. Also konnten sich zumindest

Lilo, Poppi und Dominik darin verstecken. Axel legte sich hinter die Sitze und zog sich eine Decke über. Die Hitze darunter war kaum erträglich.

Zum Glück ließ der Professor nicht lange auf sich warten. Entsetzt hörten die drei in der Kiste, dass er die hintere Ladeklappe öffnete. Er rüttelte am Kistendeckel. Augenscheinlich wollte er dort etwas verstauen.

Dominik bewies Nervenstärke und packte den Verschluss von innen. Er hielt ihn mit aller Kraft fest, und Poppi half ihm dabei.

Professor Sabaty fluchte leise. „Haben sich denn alle Schlösser gegen mich verschworen?", hörten ihn die Junior-Detektive knurren.

Schließlich gab er auf und stellte den fraglichen Gegenstand auf die Abdeckklappe.

Die drei atmeten auf.

Die Fahrt zur Pyramide dauerte etwas mehr als zehn Minuten. Professor Sabaty hielt an und sprang sofort aus dem Wagen. Er holte das Ding aus dem Laderaum und eilte damit auf das uralte Bauwerk zu.

Lilo, Poppi, Axel und Dominik warteten ein paar Sekunden, bevor sie aus ihren Verstecken kamen.

„Er hat einen komischen Kasten mit vielen runden Anzeigen und Sonden bei sich", berichtete Axel.

Es war ihm gelungen, während der Fahrt einen Blick nach hinten zu werfen.

„Wir müssen ihm nach und sehen, wo er hingeht!", entschied Lilo.

Sie betraten das kühle Innere der Pyramide und hörten die Schritte des Professors am Ende des langen Ganges, in den sie nun blickten.

Auf die Petroleumlampen verzichteten sie diesmal. Sie hatten die Taschenlampen dabei und zur Sicherheit auch noch Ersatzbatterien. Axel trug sogar eine Speziallampe, die einen Dynamo eingebaut hatte. Damit sie leuchtete, musste man an einer Kurbel drehen.

So leise wie möglich folgten sie dem langen Gang, der fast bis zum anderen Ende der Pyramide zu führen schien. Sie gingen an den beiden schrägen Rampen vorbei, die nach oben führten, und entdeckten am Ende des Ganges eine Treppe nach unten.

Professor Sabaty hatte an dem Gerät schwer zu tragen. Sein Keuchen war deutlich zu hören, und seine Schritte waren langsam und fast schleifend.

Die vier Freunde hatten keine Probleme, ihm zu folgen. Am Ende der Treppe erreichten sie einen weiteren Gang, der sich spiralenförmig durch das Bauwerk zog und dann verzweigte.

Immer tiefer ging es nach unten, immer verwirrender wurden die Gänge. Ab und zu hörten sie den Professor mit Papier rascheln. Offensichtlich benutzte er einen Plan.

Das Gewirr der Gänge wurde – obwohl dies kaum möglich schien – noch dichter.

Der Professor war stehen geblieben und hantierte an seinem Gerät herum. Er schien am Ziel zu sein.

Sehr vorsichtig kamen die Knickerbocker näher und spähten um eine Ecke.

Professor Sabaty stand vor einer Wand, an der auf den ersten Blick nichts Ungewöhnliches zu entdecken war. Sie bestand wie der Rest der Pyramide aus Steinquadern.

Der Archäologe bohrte nun vorsichtig dünne Metallstangen zwischen die Steinblöcke. Von jeder dieser Sonden führte ein Kabel in das Gerät.

Nachdem er ungefähr zehn solche Sonden angebracht hatte, schaltete er das Gerät ein und starrte gebannt auf die Anzeigen.

Poppi sah, wie er sich die Unterlippe blutig biss.

Seine Augen weiteten sich, sein Blick wurde fast ungläubig.

„Nein … das ist nicht … nicht möglich …", hörte sie ihn murmeln.

Seine Hände zitterten heftig, als er nun ein Ding, das aussah wie ein Duschkopf, an das Gerät anschloss. Er ließ den runden Kopf über den Stein gleiten und beobachtete dabei die ganze Zeit einen kleinen dunklen Bildschirm. Das Gerät stand günstig, sodass die vier Verfolger den Bildschirm ebenfalls sehen konnten.

Zuerst erschienen darauf nur graue und weiße Wischer, die kein erkennbares Bild ergaben.

Augenscheinlich versuchte Professor Sabaty mit Röntgenstrahlen, mit Ultraschall oder mit der modernen Elektromagnet-Resonanz herauszufinden, was sich hinter der Mauer befand.

Immer größer wurden seine Bewegungen. Es sah fast so aus, als wollte er die Wand bemalen. Nur hinterließ das Ding in seiner Hand keine Farbspuren.

An einer Stelle – sie lag ungefähr in Kopfhöhe – verharrte der Forscher. Vorsichtig tastete er den Bereich rundherum ab und zitterte dabei merkbar.

„Nein … nein … das gibt es nicht … nein!", murmelte er dabei ständig.

Vergeblich versuchte Lilo, auf dem Bildschirm etwas zu erkennen. Doch so schnell ließ sie sich nicht entmutigen. Sie starrte weiter konzentriert auf den Monitor. Und plötzlich entdeckte sie in den weißen Wischern einen dunklen Schatten.

FORSCHER VERSCHWINDEN

Was auf dem Bildschirm zu erkennen war, sah wie der Schatten eines langen, dünnen Kopfes aus, der zum Kinn hin spitz zulief und auf einem dünnen Hals und sehr schmalen Schultern saß.

Es waren die Umrisse einer Gestalt, einer Person oder … eines Außerirdischen.

Professor Sabaty hielt das Abtastgerät ganz still und presste die Lippen zusammen.

Der dunkle Schatten war steif und starr. Rund um ihn pulsierten die weißen Striche, die wahrscheinlich den leeren Raum anzeigten.

Mit bebenden Händen tastete der Professor nach einem Knopf am Gerät und drückte ihn. Das Bild auf dem Monitor erstarrte. Es war abgespeichert worden.

Der Wissenschaftler schwitzte heftig. Er war so aufgeregt, dass er sich zu Boden sinken ließ und die Knie bis zum Kinn hochzog.

„Was ... was soll ich jetzt tun? Was soll ich bloß machen?", fragte er sich immer wieder halblaut.

Lilo gab den anderen ein Zeichen zu verschwinden. Sie hatten genug gesehen und wollten nicht unbedingt entdeckt werden.

Was Lilo, Axel, Poppi und Dominik eben beobachtet hatten, war ein Geheimnis, das alle, die davon wussten, in große Gefahr bringen konnte.

Befand sich hinter der Mauer tatsächlich außerirdisches Leben, so war das eine Sensation, die die Welt auf den Kopf stellen würde. Die Macht der Wesen aus dem All konnte aber auch von Terroristen missbraucht werden und außer Kontrolle geraten.

Diesmal waren die Knickerbocker schlauer gewesen als bei ihrem letzten Besuch in der Pyramide. Dominik hatte an jeder Abzweigung, die sie genommen hatten, mit Kreide ein kleines grünes K an die Mauer gemalt.

Sie fanden den Weg nach draußen und beschlossen, zu Fuß zum Camp zurückzugehen. Wenn sie Frau Klingmeier zurückkommen sah, war das für sie der Beweis, dass die vier tatsächlich eine kleine Wüstenwanderung unternommen hatten.

Die meiste Zeit gingen sie stumm nebeneinander her. Jeder grübelte und versuchte, sich über das, was sie in den vergangenen 24 Stunden alles erfahren und herausgefunden hatten, klar zu werden.

Im Lager wurden sie bereits ungeduldig erwartet. „Da seid ihr ja endlich!", rief Frau Klingmeier ihnen entgegen.

Axel erkannte sofort, dass seine Mutter sehr aufgeregt war. Irgendetwas musste geschehen sein.

Sie setzten sich unter das Stoffdach an einen der langen Tische und tranken Cola.

„Ich ... ich habe durch Zufall in den Unterlagen des Professors etwas entdeckt", gestand Frau Klingmeier. „Ich habe natürlich nicht danach gesucht, sondern nur ein wenig Ordnung schaffen wollen. Das gehört zu meinen Aufgaben. Dabei ist mir ein Brief in die Hände gekommen, von dem Professor Sabaty kein Wort erwähnt hat."

Die vier glaubten schon, dass Frau Klingmeier etwas über die Außerirdischen in der Grabkammer herausgefunden hätte.

Doch diese berichtete von etwas ganz anderem: „In einem weit entfernten Teil Ägyptens, im Tal der Könige, haben drei Archäologen aus Frankreich gearbeitet. Sie haben sich mit einer Grabkammer beschäftigt, von deren Existenz man bisher nichts wusste. Die drei sind seit einem Monat verschwunden. Keiner weiß, wo sie sind. Professor Sabaty ist gewarnt worden. Es gibt in Ägypten Leute, die alle Forschungsprojekte stoppen wollen. Sie fürchten, dass weitere Kunstschätze aus dem Land gebracht werden. Heimlich, versteht sich, denn offiziell ist es schon lange verboten."

„Und solche Leute könnten die Archäologen entführt haben?", fragte Poppi.

„Oder das Tal der Könige wurde auch für sie zum Grab!", hauchte Dominik.

„Bitte, sag so etwas nicht. Das wäre schrecklich. Ich will nicht einmal daran denken", fuhr ihn Frau Klingmeier an. „Auf jeden Fall muss das Camp besser bewacht werden. Es ist unverantwortlich, dass der Professor einfach allein loszieht wie heute."

„Der Mumienmann … vielleicht ist er einer dieser Irren, die Forscher verschwinden lassen", flüsterte Axel Lilo zu.

Das Superhirn wiegte den Kopf. Der Mumienmann war kein Ägypter, das stand fest. Lilo hielt ihn eher für einen Franzosen. Sein Akzent klang genau wie der von Pierre. Sie glaubte nicht, dass die beiden mit dem Verschwinden etwas zu tun haben könnten.

Es war Mittag, als Professor Sabaty zurückkam.

Er wirkte völlig verstört und war nicht ansprechbar. Sofort zog er sich in seinen Wohnwagen zurück und schloss die Tür ab.

Frau Klingmeier rief ihm nach, dass sie unbedingt mit ihm sprechen müsse, aber er vertröstete sie auf später.

„Was tut er da drin?", überlegte Poppi halblaut.

Axel sah sich suchend um. Es war niemand in der Nähe. Die ägyptischen Helfer waren in die Stadt gefahren. Sie hatten bis zum Nachmittag frei.

Schnell holte er einen kleinen Taschenspiegel und befestigte ihn mit einem Stückchen Draht, das er mitgebracht hatte, an einem Stock.

„Das ist ein ganz einfaches Periskop, mit dem wir durch das Fenster schauen können, ohne selbst gesehen zu werden", erklärte er den anderen, die ihm bewundernd zuschauten.

Die Fenster des Wohnwagens waren so hoch, dass kein normalgroßer Mensch von draußen hindurchsehen konnte.

Doch das Periskop erfüllte seinen Zweck hervorragend. Die Freunde kauerten auf dem Boden und beobachteten von hier aus den Professor.

„Er macht Eintragungen", erkannte Axel.

„Die müssen wir unbedingt sehen!", flüsterte Lilo. „Vielleicht hat er noch etwas entdeckt. Er ist

nämlich erst eineinhalb Stunden nach uns zurückgekommen. Ich will wissen, was er so lange in der Pyramide gemacht hat."

Am Nachmittag bot sich eine günstige Gelegenheit.

Professor Sabaty verließ den Wohnwagen und traf sich mit Frau Klingmeier unter dem Sonnenschutzdach. Er hatte einiges mit ihr zu bereden und wollte ihr Briefe diktieren.

Von dem Essplatz des Forschungsteams konnte man zum Glück nicht bis zum Wohnwagen des Professors sehen. Diese Chance musste genutzt werden: Lilo und Dominik standen Schmiere, während Axel drin nach den Notizen suchte.

Poppi wartete in einiger Entfernung. Nicht weil sie zu feig war, sondern weil sie notfalls den Professor oder Frau Klingmeier aufhalten musste.

Als Axel endlich wieder aus dem Wohnwagen kam, stand ihm der Schreck ins Gesicht geschrieben. „Schnell ... schnell zu uns!", flüsterte er den anderen zu.

Er musste etwas Unfassbares herausgefunden haben.

LEBEN NACH 5000 JAHREN

Gespannt sahen die anderen Axel an. Dieser berichtete: „Der Professor will mit Hilfe dieses Geräts gesehen haben, dass sich die Außerirdischen bewegt haben. Nicht nur das: Sie geben auch Geräusche von sich. Der Professor hat sie aufgenommen. Könnt ihr euch das vorstellen: In der versiegelten Grabkammer ...", Axel musste tief Luft holen, weil er sonst nicht hätte weitersprechen können, „... in der versiegelten, also luftdicht abgeschlossenen Grabkammer, in die vor ungefähr 5000 Jahren zum letzten Mal jemand seinen Fuß gesetzt hat, leben Außerirdische!!!"

Schweigen.

Die anderen konnten sich nicht vorstellen, dass das stimmte.

„Hast du dich auch bestimmt nicht verlesen?", erkundigte sich Dominik zweifelnd.

Axel verzog das Gesicht. „Wofür hältst du mich? Ich kann lesen!"

„Könnt ihr das fassen? In der Grabkammer befindet sich etwas, das dort seit mindestens 5000 Jahren eingeschlossen ist und trotzdem noch immer lebt!" Poppi schüttelte ungläubig den Kopf.

„Aber die Außerirdischen waren doch angeblich tot?", gab Dominik zu bedenken.

„Wie auch immer. Vielleicht sind sie in der Pyramide zu neuem Leben erwacht. Tatsache ist, dass sie sich in einer völlig abgeschlossenen Grabkammer befinden und von meterdicken Steinmauern umgeben sind. Trotzdem können sie sich bewegen und geben Geräusche von sich. Nach so langer Zeit!"

„Was wird der Professor jetzt machen?", fragte Lilo.

„Darüber ist er sich selbst nicht im Klaren. Er ist sich unsicher, ob er alles verschweigen oder damit an die Öffentlichkeit gehen soll. Vielleicht weiht er fürs Erste auch nur einige Kollegen ein! Er fürchtet aber die telekinetischen Kräfte der Außerirdischen. Er schreibt, sie seien nicht zu unterschätzen", berichtete Axel.

„Meint ihr ... kann man die Geräusche hören,

wenn man vor der Grabkammer steht? Oder sind dafür Spezialinstrumente nötig?", fragte Dominik.

Lilo zuckte mit den Schultern.

„Essen!", rief jemand hinter ihnen.

Die vier sprangen erschrocken vom Boden auf, wo sie sich zur Beratung niedergelassen hatten.

Pierre stand in der offenen Tür.

„Bist du schon länger da?" Lilo sah ihn forschend an.

„Was heißt ‚länger'? Ich bin gerade gekommen, weil ich euch nirgendwo sonst finden konnte. Habe ich euch vielleicht bei einer Geheimkonferenz gestört, oder was?"

Die Freunde schwiegen. Sie fragten sich, ob Pierre sie belauscht hatte.

„Falls ihr Hunger habt, es gibt Futter. Bitte an die Tröge!", scherzte der Koch.

Als er verschwunden war, flüsterte Axel seinen Freunden zu: „Haltet ihr den für astrein?"

Lilo hatte sich diese Frage auch schon einige Male gestellt. Pierre war nett, aber das sagte gar nichts. Sie beschloss, ihn im Auge zu behalten.

Das Mittagessen schmeckte genau so scheußlich wie das Abendessen. Die Bande ließ wieder den Großteil des viel zu scharfen Eintopfs stehen und beschloss, den Küchenwagen zu plündern.

Professor Sabaty hingegen schaufelte den braunen Brei mit Bohnen in sich hinein und lobte Pierre sogar dafür. „Sehr schmackhaft und vor allem nicht aus der Dose. Dosennahrung kann ich nicht ausstehen."

Sie saßen noch am Tisch, als plötzlich ein klappriger Kombi den Hügel herunterkam. Der Motor gab Laute von sich, als würde er im nächsten Augenblick auseinander fallen.

Der Professor schien den Wagen sofort zu erkennen. Er sprang auf und lief aus dem Wohnwagenkreis.

Die Knickerbocker standen zwischen zwei der Wohnwagen und beobachteten, wie ein etwa fünfzigjähriger, grauhaariger Mann aus dem Auto stieg. Er musste mindestens zwei Meter groß sein. Auffallend waren sein hagerer Körperbau, die schmalen Schultern und besonders der lang gezogene Kopf.

Irgendwie wirkte der Besucher leidend. Sein Gesichtsausdruck war gequält, seine Haltung so, als hätte ihn jemand geprügelt.

„Herr Kollege, ich bin sehr froh, dass Sie kommen. Gehen wir in meinen Wohnwagen, bitte, hier entlang!", begrüßte ihn Professor Sabaty.

Der Mann reichte ihm huldvoll die lange, schmale Hand und sagte mit gesenkter Stimme: „Ich konnte die ganze Nacht kein Auge zutun. Ich halte es für einen schweren Fehler, Sie in meine Erkenntnisse eingeweiht zu haben."

„Aber Professor Manzini, ich bitte Sie, für wen halten Sie mich?" Der rosa Kopf des Archäologen lief knallrot an. „Ich war Ihr bester Schüler, erinnern Sie sich nicht? Ich … ich … habe auch schon weitere Nachforschungen und Messungen durchgeführt und … aber das besprechen wir besser in meinem Wohnwagen."

Professor Manzini nickte.

Die beiden verschwanden im Wohnwagen von Professor Sabaty. Axel lief sofort zur Rückseite und presste sein Ohr an die Wand. Er verstand allerdings nichts. Die Männer redeten zu leise.

Wie Löwen in einem Käfig schlichen die vier Freunde vor dem Wohnwagen auf und ab. Sie hofften, vielleicht das eine oder andere Wort aufzufangen, aber sie hatten kein Glück.

Erst nach ungefähr einer halben Stunde wurde das Gespräch im Inneren heftiger. Sie hörten, wie jemand auf den Tisch schlug, und Professor Manzini rief: „Die Pyramide muss wieder verschlossen werden. Was sich in ihr verbirgt, kann eine große Gefahr für die Menschheit darstellen."

„Ich sehe das zwar ähnlich, aber ich glaube trotzdem nicht, dass wir diese sensationelle Entdeckung anderen Kollegen vorenthalten dürfen!", donnerte Professor Sabaty.

„Georg, ist denn nichts von dem hängen geblieben, was Sie bei mir gelernt haben?", fragte der andere heftig. „Für mich war es immer am wichtigsten, alle Studenten Respekt vor der letzten Ruhe und den Bräuchen der alten Ägypter zu lehren. Jedenfalls habe ich es versucht, diesen Respekt allen ans Herz zu legen. Und ich warne Sie, Georg, mein Einfluss hier in Ägypten ist groß. Ich kann veranlassen, dass Sie nie wieder zu Ausgrabungen zugelassen werden. Wenn Sie lieber einen letzten Triumph haben, bitte sehr. Doch denken Sie daran, dass sich in der Grabkammer auch etwas ganz anderes befinden kann. Vielleicht haben uns die alten Ägypter eine Falle gestellt. Dann wird es Ihre letzte Entdeckung sein! Als Archäologe sind Sie dann ruiniert, weil sie sich lächerlich machen werden."

Im Wohnwagen herrschte betretenes Schweigen.

Lilo winkte den anderen und zog sich an den Rand des Lagers zurück.

„Und? Was jetzt?", fragte Dominik.

„Es gibt nur eine Möglichkeit für uns. Wir müssen in die Pyramide zurück und uns selbst dort noch einmal umsehen", sagte Lilo.

EIN GRÜNER LICHTSTRAHL

„Ich halte es für die dümmste Idee, die du je gehabt hast", sagte Dominik zum mindestens hundertsten Mal.

„Bitte, dann dreh um und geh zurück. Wir schaffen das auch ohne dich! Keiner braucht dich!", fuhr ihn Lilo an.

Beleidigt presste Dominik die Lippen aufeinander, bis sie nur noch ein dünner Strich waren.

Die Freunde hatten die Mittagsruhe genützt und sich heimlich aus dem Lager geschlichen. Gefährlich war immer nur das erste Stück des Weges, da es von den Wohnwagen aus gesehen werden konnte. Sobald sie auf der anderen Seite der Sanddüne waren, konnte sie niemand mehr beobachten.

„Keiner hat bemerkt, dass wir abgehauen sind.

Und meiner Mutter habe ich eine Nachricht an die Wohnwagentür gehängt, dass wir nochmals losgezogen sind, um Wüstenfotos zu machen", erklärte Axel.

Die Pyramide schien an diesem Nachmittag stolzer und höher in den Himmel zu ragen als je zuvor.

Die vier hatten den Eindruck, als strahle das uralte Bauwerk etwas Mächtiges, fast Abweisendes und Drohendes aus.

„Das liegt daran, dass wir jetzt wissen, was sich angeblich darin befindet", erklärte Lilo. „Unser Hirn spielt uns jetzt einen Streich. Die Pyramide hat sich in den vergangenen tausend Jahren kaum verändert. Und schon gar nicht in den vergangenen Stunden."

Sie schlüpften durch das niedrige Loch, das in den Stein gehauen war.

Es dauerte eine ganze Weile, bis sich ihre Augen an die Dunkelheit gewöhnt hatten. Mit angehaltenem Atem standen die vier da. Jeder wartete darauf, dass der andere den ersten Schritt machte.

Wieder war es so still. So unheimlich still. So still, dass sie in ihren Ohren das Rauschen des Blutes und das Pochen des Pulsschlages zu hören meinten.

Vor ihnen schien sich eine unsichtbare Wand aufgebaut zu haben, an der sie nicht vorbeikamen.

Lilo nahm allen Mut zusammen und wagte einen Schritt, aber die anderen blieben stocksteif stehen. Auch sie, die sonst immer cool blieb, spürte einen Widerstand wie von einer unsichtbaren Wand.

„Kehren wir um? Lassen wir es bleiben?", fragte sie die anderen flüsternd.

Die vier Freunde zögerten.

Umdrehen und zurückgehen? Bestimmt würden sie sich das nie verzeihen. Spätestens im Lager würden sie sich wie die größten Feiglinge vorkommen.

Außerdem waren sie viel zu neugierig. Vielleicht konnten sie einen Hinweis darauf entdecken, was sich tatsächlich in der Grabkammer verbarg. Wenn es keine Außerirdischen waren, wer oder was war es dann?

Gleichzeitig gaben sie sich einen Ruck und knipsten ihre Taschenlampen an. Langsam schritten sie voran.

Die Zeichen, die sie am Vormittag an den Abzweigungen des Ganges hinterlassen hatten, zeigten ihnen den Weg.

Die Zeit schien in der Pyramide stillzustehen. Sie wussten nicht, wie lange sie gegangen waren, als sie endlich die Mauer erreichten. An ihr hatte der Professor seine Tests vorgenommen. Dahinter musste sich die Grabkammer befinden.

Mit großem Respekt näherten sich die vier der steinernen Wand. Sehr vorsichtig, als könne sie jederzeit umstürzen oder sich in Feuer oder Wasser verwandeln, legten sie die Handflächen auf die raue Oberfläche. Tastend fuhren sie über die mächtigen Steinquader.

„Taschenlampen aus!", kommandierte Lilo.

Da sie nicht wussten, warum, reagierten die anderen nicht auf Lilos Kommando.

„Aus!", zischte das Superhirn energisch.

Endlich knipsten auch Axel, Dominik und Poppi gehorsam ihre Lampen aus. Jetzt standen sie in absoluter Finsternis.

„Da!", hauchte Lilo.

„Was denn?" Dominik und Axel verstanden nicht, was sie meinte.

„Schaut auf die Wand", wisperte Lilo.

Die Jungen holten heftig Luft.

Dort, wo drei Steinblöcke zusammenstießen und die Rillen ein T bildeten, war ein heller Punkt zu sehen. Ein winziger grünlicher Punkt, der heftig strahlte.

Aus der Grabkammer kam grünliches Licht.

Die vier starrten wie hypnotisiert auf den Lichtstrahl, der die Dunkelheit wie eine Nadel durchbohrte.

Axel streckte die Hand aus und berührte den Strahl für den Bruchteil einer Sekunde. Er hatte Angst, dass er sich daran verbrennen könnte. Vielleicht war es eine Art Laser. Laserlicht war schärfer als jedes Messer.

Er testete den Strahl noch einmal und sogar ein drittes Mal. Aber er spürte nichts. Das Licht schien kalt zu sein.

Dominik kroch auf dem Boden unter dem Strahl zur Mauer. Kamen auch Geräusche durch das winzige Loch zwischen den Steinen?

Die Knickerbocker hielten wieder den Atem an.
Nichts.
Gar nichts.
Oder doch?

Da war ein Ton. Er drang sehr, sehr gedämpft durch die Mauer. Es war ein hoher, surrender Ton. Fast wie der eines Zahnarztbohrers. Er klang ganz gleichmäßig und war ihnen deshalb zuerst nicht aufgefallen.

„Ich will durch das Loch schauen!", sagte Lilo zu den anderen.

Axel hielt sie zurück. „Nicht! Wir wissen nicht, ob das Licht gefährlich ist. Du kannst dir das Auge zerstören."

Widerstrebend gab Lilo ihm Recht.

„Los, wir suchen die Gänge rund um die Grabkammer ab. Vielleicht gibt es noch einen anderen Zugang", flüsterte sie ihren Freunden zu.

Doch die Grabkammer war auf allen Seiten von meterdicken Mauern umgeben. Dominiks Schätzung nach hatten sie mindestens eine Stärke von zwei Metern. Kein Gang führte näher heran. Die Decke und der Boden waren sicherlich noch dicker, da sie das Gewicht des Pyramidenaufbaus trugen. Die Grabkammer war also absolut abgeschlossen.

Ein seltsames Gefühl erfasste die vier. Es war eine Mischung aus Ergriffenheit, Ehrfurcht, Staunen, aber auch Angst.

Hinter den Mauern verbarg sich tatsächlich eines der größten Geheimnisse der Welt. Was würde geschehen, wenn es freigelegt wurde?

Noch war die Kraft der Wesen hinter den Mauern gebändigt und gefangen. Aber vielleicht kam sie bald frei?

„Wir … gehen … oder?" Lilo bewegte sich einige Schritte zurück. Ihr Blick hing noch immer an dem grünen Strahl, dem Zeichen aus einer anderen Welt.

Langsam und vorsichtig entfernten sie sich von der Kammer. Es war, als hätten sie Angst, die Außerirdischen könnten sich selbst befreien und ihnen nachkommen.

Nach der ersten Biegung atmeten sie erleichtert auf und gingen normal weiter. Alle vier waren völlig aufgewühlt und durcheinander. Schweigend gingen sie durch die Gänge. Ihre Beine schienen sich von ganz allein zu heben. Sie fühlten sich plötzlich wie Roboter.

Endlich waren sie wieder oben, auf der Höhe des Ausgangs. Sie sahen auch schon den Lichtfleck des Durchbruchs und steuerten darauf zu.

„Meine Taschenlampe … ich hab meine Lampe verloren!", stellte Dominik plötzlich fest.

„Vergiss sie", murmelte Lilo.

„Nein, das ist meine neue Taschenlampe, die extrastarke. Ich muss sie finden! Bitte, helft mir suchen."

„Na gut!", seufzte Lilo und machte kehrt. Poppi und Axel kamen widerstrebend mit.

Nach einigen Metern bückte sich Axel, weil sein Schuhband aufgegangen war. Die anderen gingen weiter, kehrten aber nach zwei Minuten um. Sie hatten die Taschenlampe gefunden.

„He, wo ist Axel?", wunderte sich Lilo.

„Er hat seinen Schuh zugebunden und wollte nachkommen!", antwortete Poppi.

„Axel?", rief Lieselotte.

Keine Antwort.

Sie liefen weiter in den Hauptgang, der aus der Pyramide führte. Vielleicht war Axel schon vorausgegangen.

„Axel, wo steckst du?", rief Dominik.

Wieder keine Antwort.

„Er steht bestimmt schon draußen im Freien, weil er es hier nicht mehr ausgehalten hat. Mister Supercool würde das aber nie zugeben!", meinte Lilo.

Die drei erhöhten ihr Tempo und steuerten auf das gleißende Licht zu, das durch das Loch in der Mauer fiel.

Plötzlich verstellte ihnen jemand den Weg. Im Gegenlicht konnten Lilo, Poppi und Dominik nur die Umrisse einer schlanken, großen Gestalt erkennen.

WO IST AXEL?

„Axel, lass den Quatsch!", rief Lilo.

Die Gestalt bewegte sich nicht. Sie stand nur da. Regungslos.

„Axel, hör auf! Wir wissen, dass du das bist. Sehr witzig, aber wir fallen nicht noch einmal darauf rein. Bestimmt nicht."

Jetzt erkannten auch Dominik und Poppi, was da vor ihnen stand. Es war eine Mumie. Ihre Arme hingen kraftlos herunter, ihre Haltung war steif und aufrecht.

„Axel, was soll der Blödsinn? Gratuliere übrigens, wir haben nicht bemerkt, dass du den Fetzen mitgenommen hast. Aber wir haben jetzt wirklich Wichtigeres zu tun und keine Zeit für deine Babystreiche. Also ... los ... zieh das aus!" Lilos Stimme wurde von Wort zu Wort unsicherer. Langsam wurde ihr klar, dass es auf keinen Fall Axel sein konnte, der da vor ihnen stand. Die Mumie war viel größer als er.

Ein leichter Windstoß fegte durch den Gang und wehte ihnen einen ekligen Gestank entgegen. Es war eine Mischung aus Moder, Fäulnis, feuchter Erde und nassen Lumpen.

Ohne ein Geräusch zu verursachen, setzte sich die Mumie in Bewegung. Sie ging langsam und etwas steifbeinig. Ihre Arme schienen sich wie von selbst zu heben und sich nach den drei Freunden auszustrecken.

„Weg ... raus hier!", keuchte Dominik.

Aber wie sollten sie nach draußen gelangen? Die Mumie verstellte ihnen den Weg. Um zum Ausgang zu gelangen, mussten sie an ihr vorbei.

„Lauft los, so schnell ihr könnt! Wir rennen sie über den Haufen!", entschied Lilo.

Dominik und sie stürmten voran, aber Poppi war vor Schreck wie erstarrt. Sie blieb einfach stehen und japste hilflos.

Lilo und Dominik bemerkten nicht, dass ihre Freundin zurückblieb. Sie hatten die Köpfe gesenkt und die Fäuste geballt. Sie waren wild entschlossen, an der Mumie vorbei aus der Pyramide zu kommen.

Noch zehn Schritte.

Noch sieben Schritte.

Noch fünf Schritte.

Die Mumie stieß einen Schrei aus. Es war ein tiefes, drohendes Brüllen, das schaurig durch den Gang hallte. Die Lautstärke überraschte die Knickerbocker. Der Schrei dröhnte in ihren Ohren wie ein Kanonenschlag und schien sie wie eine unsichtbare Hand von der Mumie fern zu halten.

Sie bremsten und starrten die seltsame Erscheinung an.

Die Stoffstreifen, in die sie gewickelt war, sahen zerschlissen und zerfressen aus. Der ganze ausgetrocknete Körper war von einer Schicht aus modrigen und staubigen Binden bedeckt. Bei jeder Bewegung fiel ein bisschen davon ab. Ein rötlicher Schimmer zog sich über den Körper der Mumie.

Mit großen, eckigen Schritten stapfte die Mumie auf Lilo und Dominik zu. Die steifen, umwickelten Finger begannen sich langsam zu krümmen und wieder zu strecken, als wolle die Mumie das Greifen üben.

Hinter ihnen brüllte Poppi. Sie stand noch immer am selben Fleck und wagte sich weder vor noch zurück.

Während Lilo zu ihr lief, zappelte Dominik hin und her. Er konnte sich nicht entscheiden, was er tun sollte. Sollte er auch den Rückzug antreten oder versuchen, an der Mumie vorbeizukommen?

Dann war es für beides zu spät. Die Mumie packte seinen Arm. Ihre Hand war rau wie Sandpapier, trocken und drahtig. Sie fühlte sich wie eine Zange an, die man mit Stoff umwickelt hatte.

Dominik stieß einen Schrei aus und riss sich los. Er rannte zu den Mädchen zurück und betastete die Stelle, an der ihn die Mumie berührt hatte. Auf seiner Haut waren dunkle Streifen zu sehen.

Mit gleichmäßigen, langsamen Schritten wankte die Mumie auf die Knickerbocker zu. Sie öffnete den Mund, brüllte aber diesmal nicht, sondern sprach mit tiefer, heiserer Stimme. Was sie sagte, verstanden die drei nicht, aber es klang drohend.

„Axel … wo ist Axel?", fragte Lilo atemlos.

„Axel!!!", brüllten Dominik und sie, so laut sie konnten.

Von hinten, aus dem Inneren der Pyramide, hörten sie die Stimme ihres Freundes. Doch sie klang weit entfernt. „Hilfe! Hier! Ich … ich kann nicht auftreten … mein Bein!"

Lilo zögerte keine Sekunde. Sie rannte zurück zur Treppe, die nach unten führte, und stürmte hinunter. Dominik folgte ihr und zerrte die widerstrebende Poppi wie einen jungen Hund nach.

„Axel, sag etwas! Wo bist du?", rief Lilo.

„Hier! Hier links! Komm nach links!", hörte sie ihn stöhnen.

„Sprich weiter, sonst finde ich dich nicht. Ich muss dich hören. Weiter, weiter!", forderte ihn Lilo auf.

Sie taumelte wie eine Schlafwandlerin durch den Gang. Erst jetzt fiel ihr auf, wie viele weitere Verzweigungen es hier gab.

Axels Stimme kam aus einem schmalen Gang auf der linken Seite. Das Superhirn schlüpfte hinein, gab Dominik aber vorher noch ein Blinkzeichen, damit er wusste, wo sie hingegangen war.

Der Gang war nicht einmal breit genug, dass man sich normal darin fortbewegen konnte. Lilo musste sich seitlich durchschieben.

Sie gelangte in eine hohe, eckige Kammer, in der sie Axel fand. Er lag am Boden und hielt sich den Knöchel. Sein Gesicht war schmerzverzerrt.

„Wie kommst du hierher?", wollte Lilo wissen.

„Weiß ich nicht. Plötzlich hat mich jemand gepackt und weggezogen. Er hat mir seine Hand auf Mund und Nase gelegt … sie hat gestunken … ich habe mich fast übergeben. Und dann bin ich hier gelandet. Ich bin hereingestoßen worden und so blöd gestürzt, dass ich mir den Knöchel verknackst habe. Ich kann nicht auftreten!" Axel hatte Mühe durchzuatmen, weil die Schmerzen so groß waren.

Dominik und Poppi kamen nun auch durch den schmalen Gang.

„Zurück, schnell! Oder geht es hier auch weiter?", stieß Lilo hervor.

„Nein, nicht! Sonst verirren wir uns. Wir müssen auf dem Weg bleiben, den wir kennen!", erinnerte Axel sie.

Er hatte Recht, aber Angst, Panik und Schreck hatten Lilo völlig aus der Ruhe gebracht. Normalerweise gelang es ihr immer sehr schnell, wieder klare Gedanken zu fassen. Diesmal aber war es anders. Ihr Hirn schien wie verkleistert.

Dominik und Poppi schoben sich in die andere Richtung, aber es war zu spät.

Die rote Mumie war ihnen nachgekommen. Sie verstellte den Ausgang.

„Wir müssen hier weiter, wir müssen!", rief Lilo und leuchtete den Raum ab, in dem sie sich befanden.

Ihr stockte der Atem.

DIE STUMME ARMEE

Der Raum war voll von Mumien. Es gab hier mindestens dreißig von ihnen, vielleicht sogar noch mehr. Sie standen wie stumme Wächter an der Wand aufgereiht. Manche waren sehr gut erhalten, bei anderen waren blanke Knochen zu sehen. Einige hatten die Arme vorgestreckt, andere vor der Brust verschränkt.

Lilo schluckte heftig. Auf den Mumien lag kein Staub, und vor ihnen waren Spuren, als wären sie allein hergekommen und hätten sich hier aufgestellt. Vor ganz kurzer Zeit.

„Das gibt es nicht! Verlier nicht die Nerven! Das ist alles nicht möglich!", murmelte Lilo immer wieder vor sich hin.

Auch die anderen hatten die Armee der Mumien

entdeckt. Dominik rang nach Atem, Axel zitterte so heftig, dass er kein Wort herausbrachte, und Poppi verbarg das Gesicht in den Händen.

Die drei anderen kauerten sich neben Axel. Gemeinsam fühlten sie sich wenigstens ein bisschen stärker und sicherer.

Die Knickerbocker erwarteten jeden Augenblick die rote Mumie. Was würde sie mit ihnen tun? Hatte sie Axel in diese schaurige Kammer gebracht?

„Der Mumienmann … er kann wie ein normaler Mensch herumgehen, ist aber in Wirklichkeit eine Mumie! Er wird auch aus uns Mumien machen", stammelte Poppi.

So unglaublich, so irrwitzig, so gruselig es klang, es erschien den vier Freunden durchaus möglich.

Stille. Wieder herrschte rund um sie diese beängstigende Stille.

Was war mit der roten Mumie geschehen?

Sekunden verstrichen.

Es wurden Minuten daraus.

Lilo zuckte zusammen: Die Mumien begannen sich zu bewegen. Die starren in Stoffstreifen gewickelten Körper schienen sich aufzurichten, die Arme zu heben und auf sie zuzukommen.

„Nein!", schrie Lilo. „Nein, bleibt weg!"

„Lilo! Was ist? Was ist los?" Axel schüttelte sie.

Lilo kniff die Augen zusammen und riss sie wieder auf. Erst jetzt bemerkte sie, dass sie die ganze Zeit auf die an der Wand lehnenden Mumien gestarrt hatte. Wahrscheinlich hatte sie minutenlang nicht einmal gezwinkert. Infolge dieses starren Blicks hatten ihr ihre überanstrengten Augen einen Streich gespielt. In Wahrheit standen die grau-braunen Körper noch immer unbeweglich.

„Die rote Mumie ist weg! Sie kommt uns nicht nach!", rief Dominik aufgeregt. Er leuchtete zum Beweis in den Gang. Er war leer.

„Raus jetzt!", entschied Lilo.

„Aber wenn die Mumie draußen wartet?", wandte Poppi ein.

„Dann ... dann ... ich überleg mir was, wenn es so weit ist. Hier bleibe ich keine Sekunde länger!", schnaufte Lilo.

Sie half Axel auf die Beine und sagte: „Durch den Gang musst du auf einem Bein hüpfen. Dann stützen wir dich!"

Von Meter zu Meter wuchs ihre Angst und Anspannung. Poppi hatte natürlich Recht. Die rote Mumie konnte im Hauptgang stehen und dort auf sie warten. Was mochte sie vorhaben? Wieso verfolgte sie die Knickerbocker? Warum war sie überhaupt aufgetaucht?

Lilo hatte die Stelle erreicht, an der der schmale Durchschlupf in den breiten Gang mündete. Sie sprang einfach hinaus und stieß einen lauten Schrei aus, um sich Mut zu machen.

Gebückt wie ein Ringer zu Beginn des Kampfes stand sie im Gang und stützte sich mit den Händen auf den Knien ab. Die Taschenlampe hatte sie unter den rechten Arm geklemmt.

Doch der Gang war leer.

„Kommt schnell!", trieb sie ihre Freunde an.

Dominik und sie nahmen Axel in die Mitte, damit er sich auf ihnen abstützen konnte und sie flotter vorankamen.

Sie kämpften sich die Treppe nach oben und fieberten dem Augenblick entgegen, in dem sie in den langen Tunnel blicken konnten.

War die rote Mumie dort?

Lilo zählte auf der letzten Stufe bis drei und sprang dann wieder mit einem Schrei in den Gang.

Keine Mumie.

Das Licht, das von draußen hereinfiel, war heller und gleißender als je zuvor.

„Schnell, so schnell wie irgend möglich!", kommandierte sie.

Sie bildeten eine Viererreihe und hakten dazu die Arme ineinander. So konnte Axel besser vorankommen, und alle fühlten sich sicherer. Tauchte die Mumie auf, stand sie einer starken Kette aus Knickerbockern gegenüber.

Meter für Meter wurde ihre Erleichterung größer. Sie hatten es bald geschafft und waren im Freien. Das Licht und die frische Luft verhießen Freiheit und das Ende der Gefahren, die in der Pyramide lauerten.

Sie krochen durch das Loch in der Steinmauer und fielen in den heißen Sand.

Gerettet.

Keuchend lagen sie da und waren eine Weile nicht fähig, etwas zu sagen.

Ihre Gedanken wirbelten wild durcheinander. Was hatte das alles nur zu bedeuten?

Dominik zeigte auf die braunen Spuren an seinem Arm. „Die stammen von der Hand der Mumie. Ich schwöre euch, sie war echt. Sie hatte weder Muskeln noch Haut. Aber ihr Griff war so hart wie eine Zange. Ich habe die Knochen gespürt und ich habe ihren Gestank gerochen. Es war schrecklich."

Lilo hatte noch immer vor Augen, wie sich die anderen Mumien scheinbar bewegten. Nie zuvor hatte sie so viele auf einmal gesehen.

„Der Mumienmann ... er ist der Schlüssel zu vielem. Er kennt die Antworten", murmelte sie.

Ob er auch etwas über die Wesen in der Grabkammer wusste?

Das Geräusch eines Autos ließ die vier aufschrecken.

Der Jeep des Professors tauchte neben einer Sanddüne auf.

Die Knickerbocker erschraken. Wenn Professor Sabaty sie hier fand, gab es bestimmt großen Krach. Doch zum Verstecken blieb ihnen keine Zeit mehr. Der Wagen hielt und die Fahrertür wurde aufgerissen.

„Pierre!", rief Lilo überrascht.

„Ich wusste es! Ich habe es geahnt! Was habt ihr hier zu suchen?", schimpfte der Koch. „Der Professor hat vor einer halben Stunde die Pyramide für gesperrt erklärt. Er überlegt sogar, die Ausgrabungen zu beenden und den Durchbruch wieder zu schließen. Warum, hat er nicht gesagt, aber wahrscheinlich ist die Pyramide doch baufälliger, als sie aussieht."

Er scheuchte die Freunde in den Jeep und ließ den Motor an.

Axels Knöchel war dick angeschwollen und hatte sich bläulich-lila verfärbt.

„Hoffentlich ist er nicht gebrochen", meinte Lilo.

Dominik drehte sich noch einmal um und warf einen Blick zurück zu der Pyramide.

„Halt! Bleib stehen! Bitte! Sofort!", schrie er.

KRACH

Pierre trat so heftig auf die Bremse, dass die vier Junior-Detektive nach vorn geschleudert wurden. Stöhnend kamen sie aus dem Fußraum wieder nach oben. Alle vier hatten sich einige blaue Flecken geholt.

„Der Mumienmann! Er steht vor der Pyramide! Der Mumienmann ist da! Er steckt hinter allem. Wir müssen ihn schnappen!" Dominik war so aufgeregt, dass er kaum Luft bekam.

Pierre gab so heftig Gas, dass die Reifen durchdrehten und riesige Sandwolken aufwirbelten.

„He, hör auf, wir sehen nichts!", beschwerte sich Lilo. Der Sand drang ihr in Nase und Augen, und sie musste niesen und husten.

Der Koch versuchte mit hohem Tempo zu wenden. Der Jeep schlingerte durch den Sand und kippte fast nach links.

„Bist du wahnsinnig?", brüllte Axel. Er hatte große Mühe, seinen verletzten Fuß halbwegs unter Kontrolle zu halten. Schon der leichteste Stoß jagte ihm einen höllischen Stich durch den Knöchel.

Endlich hatte Pierre den Wagen gewendet. Die Sandwolke senkte sich und gab den Blick auf die Pyramide wieder frei.

Der Mumienmann war verschwunden.

„Bist du sicher, dass du dich nicht geirrt hast? Ich habe vorhin auch geglaubt, die Mumien bewegen sich", sagte Lilo zu Dominik.

„Ganz sicher, er war es!", beteuerte Dominik.

Pierre stellte den Motor ab. „Darf ich auch erfahren, was ihr erlebt habt? Oder gehöre ich zu der Gruppe von Erwachsenen, die ihr lieber nicht in eure Geheimnisse einweiht?"

Lilo wollte schon anfangen zu erzählen, als ihr Axel einen Stoß mit dem Ellbogen versetzte. „Nicht, er kennt den Mumienmann!", raunte er ihr zu. „Ich glaube sogar, dass er jetzt absichtlich so ein Theater mit dem Wagen aufgeführt hat, damit der Typ verschwinden kann."

Lilo musste also eine Ausrede finden: „Äh ... wir ... wir haben in der Pyramide ein bisschen

Mumienerwachen gespielt. Und Verstecken ... Wo ist die Mumie? Verstehst du? So ein Spiel also ...", stotterte sie herum.

Pierre war anzusehen, dass er ihr kein Wort glaubte.

„Gut, wenn ihr nicht wollt. Mir könntet ihr vertrauen. Mir schon", sagte er beleidigt.

Er ließ den Motor an und wartete noch kurz, ob nicht doch einer der vier Freunde zu erzählen beginnen würde. Aber alle vier schwiegen.

Im Lager wurden die Knickerbocker bereits ungeduldig von Axels Mutter erwartet. „Wo wart ihr so lange? In dieser Hitze eine Wanderung durch die Wüste zu unternehmen ist doch verrückt!"

Pierre sprang aus dem Jeep und sagte bissig: „Wanderung durch die Wüste? Dass ich nicht lache. Die vier waren trotz aller Verbote in der Pyramide und haben dort gespielt. Vielleicht sollten Sie Ihrem feinen Herrn Sohn einmal beibringen, dass er sich hier nicht auf einem Kinderspielplatz befindet!"

Frau Klingmeier sah Axel streng ein. „Ist das wahr?"

„Ja, aber wir ... wir können es erklären, und vor allem ... es ist dringend! Wir haben Professor Sabaty etwas Wichtiges zu sagen!", stotterte Axel herum.

„Junger Mann, ich habe dir auch etwas Wichtiges zu sagen. Ich will dich daran erinnern, dass du und deine Freunde mir vor zwei Tagen hoch und heilig versprochen habt, nichts zu unternehmen, was ich nicht ausdrücklich erlaubt habe. Ihr hattet gestern die Erlaubnis, zur Pyramide zu gehen. Von Betreten war nie die Rede!"

Axels Mutter regte sich sehr auf. Ohne genau zu wissen, was die vier alles erlebt hatten, ahnte sie, in welch große Gefahr sie sich begeben hatten. Sie wusste nur zu gut, dass die Pyramide zum Schutz gegen Grabräuber als Labyrinth gebaut war.

Axel war klar, dass jetzt nur eines half. Er ließ sich aus dem Auto gleiten und humpelte auf seine Mutter zu. Die Schmerzen waren so schlimm, dass er auf halbem Weg zu Boden sank.

„Um Himmels willen, was ist los?" Besorgt begutachtete Frau Klingmeier den angeschwollenen Knöchel, der bereits Ähnlichkeit mit einem Ballon hatte. „Du musst sofort zu einem Arzt. Der Knöchel kann gebrochen sein!", meinte sie. Die Strafpredigt hatte sie völlig vergessen.

Pierre warf den Knickerbockern einen strengen Blick zu: „Haltet euch aus allem raus! Macht euch nicht wichtig, wenn es besser ist, sich still zu verhalten. Und vor allem, nehmt Warnungen ernst!"

„Welche Warnungen?", wollte Lilo wissen.

„Eine Pyramide ist kein Abenteuerspielplatz. Ist das klar genug?"

„Ja, Herr Oberlehrer!", gab Lilo bissig zurück.

Pierre verschwand im Küchenwagen.

Vom Lärm alarmiert kam Professor Sabaty aus seinem Wohnwagen. Die Sorgen standen ihm ins rosige Gesicht geschrieben.

„Sollen wir ihm alles erzählen?", fragte Axel flüsternd.

Lieselotte war nicht sicher. Sie überlegte kurz und schüttelte dann den Kopf. Es gäbe bestimmt großen Krach, wenn der Professor bemerkte, dass sie in seinen geheimen Unterlagen gelesen hatten.

Professor Sabaty besah sich Axels Knöchel und meinte: „Er muss unbedingt ins Krankenhaus. Es muss festgestellt werden, ob der Knöchel gebrochen ist."

„Krankenhaus?" Frau Klingmeier war nicht begeistert von diesem Gedanken. Es war weit bis zum nächsten großen Krankenhaus. Außerdem war es überfüllt, und sie hatte Sorge, dass Axel gar nicht drangenommen würde.

Der Professor schien ihre Gedanken zu lesen und meinte: „Ich habe eine andere Idee. Ich werde Ihren Sohn zu Frau Dr. Manzini bringen. Sie ist die Frau des Kollegen, der mich heute besucht hat, und hat früher als Ärztin gearbeitet. Ich weiß gar nicht, wieso sie den Beruf nicht mehr ausübt. Bestimmt kann sie einen ersten Blick auf Axels Knöchel werfen."

Frau Klingmeier nickte ihm dankbar zu.

„Ich muss Sie allerdings bitten hier zu bleiben, denn Professor Manzini wird auch bald zurück sein und mir wichtige Unterlagen bringen. Bitte würden Sie diese in Empfang nehmen?"

Axels Mutter erklärte sich sofort bereit, und der Professor brach auf, um mit Axel zur Ärztin fahren.

Die anderen drei blieben im Lager. Professor Sabaty wollte nämlich nicht, dass Lilo, Dominik oder Poppi Axel und ihn begleiteten. Er murmelte etwas von „lieber einen Sack voll Flöhe hüten".

Bis zu Manzinis war es eine gute halbe Stunde Autofahrt. Sie besaßen ein kleines, schlichtes Häuschen mit einem verwilderten Garten.

Der Professor klopfte, musste aber ziemlich lange warten, bis eine sehr große, kräftige Frau die Tür öffnete. Sie trug einen grauen Hosenanzug und ihr fast weißes Haar war kurz geschnitten. Die Frau sprach den Professor auf Ägyptisch an.

Professor Sabaty stellte sich auf Deutsch vor und

sagte: „Ich leite das Projekt an der Ceana-Pyramide und stehe in Kontakt mit Ihrem Mann. Er war mein Lehrer, und ich habe eine Weile mit ihm bei Ausgrabungen gearbeitet."

Frau Dr. Manzini runzelte argwöhnisch die Stirn. „Ich erinnere mich, dass mein Mann etwas erwähnt hat. Aber was wollen Sie hier? Sie treffen ihn im Ägyptischen Museum in Kairo an. Er wünscht es nicht, privat gestört zu werden."

Freundlich klingt die nicht gerade, dachte Axel. Er machte sich schon Sorgen, wie sie wohl vorgehen würde, wenn sie seinen Knöchel untersuchte. War sie da wohl auch so grob?

Professor Sabaty erklärte ihr, warum er gekommen war, und das Gesicht der Frau hellte sich etwas auf.

„Kommen Sie herein!", lud sie ein.

Axel musste sich auf den Professor stützen, weil er überhaupt nicht mehr mit dem rechten Fuß auftreten konnte.

Dr. Manzini führte die beiden Besucher in ein kleines Wohnzimmer, das mit schlichten Korbmöbeln eingerichtet war. Axel musste sich setzen und sein Bein auf ihren Schoß legen.

Vorsichtig betastete sie das geschwollene Gelenk. Axel stöhnte vor Schmerz auf. Er versuchte, die

Zähne zusammenzubeißen, aber es war wirklich mehr, als er ertragen konnte.

„Ich fürchte, der Weg ins Krankenhaus bleibt Ihnen nicht erspart", sagte sie. „Es kann eine ganz besonders schlimme Zerrung, aber auch ein Bruch sein. Der Fuß muss unbedingt geröntgt werden."

„Gut, dann fahren wir gleich weiter!", entschied der Professor.

Unter ihnen polterte es. Es klang, als sei etwas Schweres umgefallen.

„Was war das?", fragte Professor Sabaty erschrocken.

Dr. Manzini hob eine Augenbraue. „Das kommt hier häufig vor. Muss eine Erdbewegung sein. Wir haben uns aber schon daran gewöhnt!"

„Ist das Haus unterkellert?", wollte der Professor wissen.

„Nein, wieso?"

„Es klang, als wäre etwas im Keller umgestürzt!", meinte Professor Sabaty.

„Ich sagte Ihnen schon, es handelt sich um Bewegungen im Boden. Sehen Sie sich die Risse in den Wänden an, dann wissen Sie alles!" Frau Manzini deutete auf die dunklen Spalten, die sich vom Boden bis zur Decke durch die Mauern zogen.

„Äh … wenn ich ohnehin nach Kairo muss, könnte ich mir die Unterlagen gleich bei Ihrem Mann direkt abholen", fiel dem Archäologen ein. „Würden Sie ihn bitte anrufen und es ihm ausrichten?"

Dr. Manzini versprach, ihren Mann zu informieren, und brachte Axel und den Professor zur Tür. Als sie sich verabschiedeten, polterte es wieder unter ihnen.

„Wir ziehen zum Glück bald um. Doch viel werden wir für unser Haus hier nicht bekommen. Ich fürchte, es wird bald einstürzen, wenn das so weitergeht!", seufzte Dr. Manzini.

Unglücklich ließ sich Axel auf den Beifahrersitz sinken.

Der Professor stieg neben ihm ein und sie fuhren los. Bald schluckte sie der wilde Verkehr Kairos, der hauptsächlich aus stehenden Autokolonnen und Hupkonzerten zu bestehen schien. Hier wurde die Qualität eines Wagens nicht an seiner PS-Anzahl, sondern an der Lautstärke der Hupe gemessen.

Nur langsam kam Professor Sabaty voran. Er trommelte nervös auf dem Lenkrad herum und knurrte einmal etwas in Axels Richtung, das sich anhörte wie: „Hättest du nicht besser aufpassen können?"

Wieder standen sie vor einer Kreuzung. Viermal war die Ampel bereits auf Grün gesprungen, aber sie kamen nicht weiter, weil der Querverkehr die Fahrbahn verstopfte.

Plötzlich presste sich ein rundes dunkelhäutiges Gesicht an Axels Scheibe. Er schrie erschrocken auf.

Sein Schreck wurde noch größer, als die Wagentür aufgerissen wurde.

EIN RÄTSELHAFTES TREFFEN

Ein rundlicher Mann beugte sich über ihn und rief mit schriller Stimme: „Hallo, Professor, Sie sind böse auf Ahmed? Bitte, nicht böse sein! Aber ... aber ... so viel Geld für Kinder, meine Kinder! Habe alles nach Hause gebracht!"

Jetzt wusste Axel wieder, woher er den Mann kannte. Es war Ahmed, der Koch, der gekündigt hatte.

„Ahmed, wovon redest du? Was meinst du mit Geld?", fragte der Professor.

„Dieser Mann mir gegeben Geld ... dreimal so viel, wie ich in ganzen Monat bekomme. Nur damit er meine Arbeit machen darf! Ahmed deshalb gegangen, aber ich kommen wieder. Professor, nicht böse sein!"

Professor Sabatys Erstaunen war unbeschreiblich.

„Welcher Mann hat dich bestochen, damit du ihm deinen Job bei mir überlässt?"

Endlich war die Kreuzung frei und die Ampel stand auf Grün. Rundherum steigerte sich das Hupkonzert zu einem ohrenbetäubenden Lärm. Der Jeep des Professors versperrte den endlich frei gewordenen Weg.

Ahmed warf die Tür zu und hob zum Abschied die Hand. Dann verschwand er in der Menschenmenge.

„Hast du verstanden, was er gesagt hat?", fragte Professor Sabaty.

Ja, Axel hatte es verstanden, und es erschreckte ihn sehr. Pierre hatte Ahmed also Geld gegeben, damit er seine Stelle einnehmen konnte. Aber zu welchem Zweck? Was wollte er bewirken?

„Macht es dir etwas aus, ein paar Minuten, höchstens eine Viertelstunde im Auto zu warten?", fragte der Professor Axel. Er deutete auf ein riesiges, rotes Gebäude. „Das ist das Ägyptische Museum. Hier arbeitet Professor Manzini. Ich muss nur etwas von ihm holen. Etwas, das sehr, sehr wichtig für meine weitere Arbeit sein kann."

Bevor Axel noch eine Antwort geben konnte, war

der Professor schon ausgestiegen. Da es nirgendwo einen Parkplatz gab, hatte er den Wagen einfach in zweiter Reihe abgestellt. Das Hupen hinter ihnen erreichte einen neuen Rekord.

Mit großen Schritten lief der Professor die breite Treppe nach oben und verschwand durch den düsteren Eingang.

Unruhig warf Axel immer wieder einen Blick nach hinten. Der Jeep war ein Verkehrshindernis. Hinter ihm hatte sich eine kleine Autoschlange gebildet. Die Autofahrer drückten ungeduldig auf die Hupe, scherten plötzlich aus, rammten fast die Autos, die sich von hinten näherten, und schafften es dann doch, sich ohne Schrammen in den Verkehr einzuordnen. Hoffentlich werden wir nicht abgeschleppt, dachte Axel.

Ein Polizist tauchte bei seinem Fenster auf und gab ihm ein Zeichen, es herunterzukurbeln. Er redete ägyptisch auf Axel ein, merkte aber bald, dass der Junge ihn nicht verstand. Der Polizist deutete auf den Fahrersitz und machte mit den Händen fragende Bewegungen.

Auf Englisch radebrechte Axel, dass der Professor im Museum war.

Der Polizist wurde ungeduldig. In Kairo schienen alle hektisch zu sein.

„Ich … ich hole ihn!", sagte Axel, der es mit der Angst zu tun bekam, da der Polizist nicht aufhörte, auf ihn einzureden.

Er stieg aus und verzog gequält das Gesicht. Aus Versehen war er mit dem verletzten Fuß aufgetreten. Auf einem Bein hüpfte er zur Treppe und hangelte sich am Geländer entlang zum Eingang empor.

Bei einem Portier erkundigte er sich nach dem Büro von Professor Manzini, aber der Mann wollte ihn nicht reinlassen. Er sollte sich eine Eintrittskarte kaufen.

Ohne Geld war das schwierig. Und dummerweise hatte Axel kein Geld dabei.

Er versuchte es mit seinem treuherzigsten Blick und machte mit den Händen bitte-bitte. Er kam sich total lächerlich dabei vor, wie ein dressierter Affe. Doch er musste Professor Sabaty zurückholen, sonst würde sein Jeep bestimmt abgeschleppt.

Der Pförtner ließ sich erweichen und zeigte Axel den Weg. Axel musste mehrere der langen, düsteren Säle durchqueren, die mit Kunstschätzen aus dem alten Ägypten voll gestopft waren. Dahinter sollte sich ein langer Gang befinden, an dessen Ende das Büro des Professors lag. Für Axel war der Weg eine Weltreise.

„Das schaffst du schon", sprach er sich Mut zu und hüpfte los.

Endlich erreichte er den Gang. Er hatte von den Tiermumien in den Glasschränken, den hölzernen und steinernen Mumiensärgen und den verschiedenen Steinfiguren aus der ägyptischen Sagenwelt, an denen er vorbeigekommen war, kaum Notiz genommen.

Axel bog um die Ecke und blickte den langen, schummrigen Gang hinunter. Auf halbem Weg zum Büro von Professor Manzini sah er zwei Männer. Sie standen einander gegenüber und schienen etwas zu besprechen.

Einer von ihnen war Professor Sabaty.

Der andere war … Axel traute seinen Augen nicht! Er kniff sie fest zusammen, riss sie wieder auf und schüttelte kräftig den Kopf, um sicher zu sein, dass er sich nicht täuschte.

Als er wieder hinsah, hatte sich nichts verändert.

Der andere war der Mumienmann!

Professor Sabaty redete mit Händen und Füßen auf ihn ein. Er sprach Ägyptisch, das konnte Axel erkennen.

Auch der Mumienmann schien sehr aufgeregt zu sein. Die beiden Männer fielen einander ständig ins Wort und hörten sich kaum gegenseitig zu.

Axel zog sich zurück. Er wollte nicht gesehen werden. In seinem Kopf rasten die Gedanken. Was wurde hier gespielt? Was war da los?

Er wollte zum Wagen zurück und dort auf den Professor warten. Unter keinen Umständen durfte Sabaty erfahren, dass Axel von dem Treffen zwischen ihm und dem Mumienmann wusste. Axel beschloss, gar nichts mehr zu erzählen. Der Professor wusste wahrscheinlich über alle ihre Schritte Bescheid. Der Mumienmann hatte ihm sicher alles berichtet.

Wir wissen zu viel. Dem Professor ist jetzt klar, dass wir das Geheimnis der Pyramide kennen. Was bedeutet das für ihn?, überlegte Axel.

Angst stieg in ihm auf, und am liebsten wäre er jetzt abgehauen und allein zum Camp zurückgekehrt, um sofort alles mit seinen Freunden zu besprechen.

Doch wie sollte er das schaffen? Er hatte kein ägyptisches Geld und wusste nicht einmal die genaue Adresse des Lagers der Forscher.

Der Jeep stand noch immer da. Der Polizist war weggegangen.

Axel schob sich auf den Beifahrersitz und versuchte sich zu beruhigen. Er keuchte und sein Herz pochte heftig gegen den Brustkorb. Der Schmerz in seinem Knöchel war stärker geworden. Die Erschütterungen der Sprünge hatten ihm nicht gut getan.

Die Fahrertür wurde aufgerissen und Axel schrie auf.

„Ich bin es, was ist denn?", hörte er die Stimme des Professors.

„Haben Sie, was Sie wollten?", brachte Axel mühsam heraus.

„Nein, mein Kollege war leider schon unterwegs zum Lager. Er wird dort alles abgeben."

„Sie haben lange gebraucht!", merkte Axel an.

„Ja, ich habe … noch einen anderen Kollegen getroffen!", sagte Professor Sabaty. Seine Stimme kippte und klang noch schriller als sonst. Ein Zeichen von großer Verlegenheit.

„Aber jetzt zum Krankenhaus!", sagte der Forscher und drückte auf die Hupe.

DIE ENTFÜHRUNG

Gegen Mitternacht kamen sie zum Lager zurück. In keinem der Wohnwagen brannte mehr Licht. Anscheinend schliefen alle schon tief und fest.

Axel atmete erleichtert auf, als er wieder bei seinen Freunden war. Sein Knöchel war gebrochen und er hatte einen Gips bekommen. Mit Krücken konnte er aber schon wieder gehen. Einige schmerzstillende Tabletten hatten das schreckliche Ziehen in seinem Fuß beendet.

Er klopfte am Wohnwagen seiner Mutter, aber sie meldete sich nicht.

„Sicher ist sie völlig erschöpft. Wir hatten heute alle einen anstrengenden Tag. Deine Mutter wird schon bald mit dir nach Hause fliegen können. Ich werde die Grabungen nämlich beenden", sagte Professor Sabaty. „Deshalb lass sie schlafen! Wenn wir in den nächsten Tagen das Lager auflösen, gibt es für sie sehr viel zu tun."

Axel nickte und bedankte sich bei Professor Sabaty. Dann stelzte er mit den Krücken auf den Wohnwagen seiner Freunde zu.

Der Professor schloss seinen Wohnwagen auf, und bald hörte Axel, dass der Archäologe von innen den Schlüssel drehte. Zweimal. Hatte er Angst vor unerwünschten Besuchern oder hatte er etwas zu verbergen?

Es war für Axel mühsam, mit den Krücken durch die enge Wohnwagentür zu kommen, aber schließlich hatte er es geschafft. Er ließ sich gleich auf die Bank neben der Tür fallen.

Vom Boden und aus den beiden Betten kam tiefes, regelmäßiges Atmen.

„He, Leute, ich bin wieder da!", flüsterte Axel.

Keine Reaktion.

Er war sehr enttäuscht, dass seine drei Freunde schon schliefen. Sie hätten wenigstens auf seine Rückkehr warten können. Er hatte ihnen so viel zu erzählen.

„He, Dominik! Dominik, ich bin da!", rief er leise und stieß mit der Krücke seinen schlafenden Kumpel an.

Dominik grunzte nicht einmal im Schlaf, wie er es sonst immer tat. Er lag da wie tot.

Axel durchfuhr ein eisiger Schrecken. Schnell ließ er sich auf den Boden gleiten und legte sein Ohr auf Dominiks Brust. Gott sei Dank! Er atmete und sein Herz schlug. Axel fiel ein Stein vom Herzen.

„Lilo, Poppi!", rief er schon etwas lauter.

Auch die Mädchen reagierten nicht. Sie schienen tief zu schlafen.

Nein, sie schlafen nicht tief, sie müssen betäubt worden sein, schoss es Axel durch den Kopf.

Natürlich, seine Mutter hätte doch bestimmt auf ihn gewartet. Niemals wäre sie schlafen gegangen, bevor er aus dem Krankenhaus zurück war.

Er stieß die Tür auf und wollte hinaus. Doch er kam nicht weit.

Vor der Tür stand jemand und versetzte ihm einen kräftigen Stoß. Axel stolperte nach hinten in den Wohnwagen.

Die Tür wurde wieder zugeschlagen und von außen abgeschlossen.

Stöhnend kämpfte sich Axel in die Höhe und versuchte, eines der Fenster aufzumachen, aber es gelang ihm nicht.

Was sollte das? Was ging hier vor?

Ratlos stand er da und überlegte fieberhaft, was

er jetzt tun sollte. Ein kräftiger Ruck brachte ihn aus dem Gleichgewicht, und wieder landete er auf dem Boden. Er hörte Automotoren und Stimmen. Der Wohnwagen wurde herumgeschoben. Axel kämpfte sich über den schlafenden Dominik hinweg zum Vorderfenster und sah, wie zwei Männer, die er nicht kannte, den Wohnwagen an den Jeep des Professors hängten. Er sollte weggebracht werden. Aber wohin?

Mit zusammengebissenen Zähnen und geschickt wie ein Affe turnte Axel die Möbel entlang zum hinteren Fenster.

Das Lager war voller Menschen. Sie trugen keine europäische Kleidung, sondern die langen Gewänder der Nomaden, die durch die Wüste zogen. Um den Kopf hatten sie Tücher geschlungen, die nur die Augen frei ließen.

Wer waren die Leute? Verbrecher?

Im Wohnwagen des Professors brannte noch Licht. Axel hatte das Gefühl, dass dieser Wagen nicht weggebracht wurde.

Der Jeep, an den die Männer den Wohnwagen angekuppelt hatten, fuhr an. Es gab einen kräftigen Ruck, der Axel den Boden unter den Füßen wegzog. Er stürzte und schlug dabei mit dem Kopf gegen einen eingebauten, halbhohen Schrank.

Er spürte einen stechenden Schmerz wie einen Blitz von einer Schläfe zur anderen zucken und verlor das Bewusstsein.

Dunkelheit.

Rund um Axel war alles stockfinster.

Dabei hatte er die Augen offen. Er tastete sogar zur Kontrolle nach seinen Augenlidern.

Ja, sie waren offen.

Trotzdem war alles schwarz.

„Hallo!?", rief er leise.

Keine Antwort.

Aber am Hall erkannte er, dass er sich in einem Raum befinden musste. Es war kein kleiner Raum, und er musste viele harte Wände besitzen, sonst hätte seine Stimme viel dumpfer geklungen.

Axel tastete vorsichtig den Boden ab. Er war kalt, aus Stein und sandig.

Befand er sich in der Pyramide?

Axel tastete weiter und zuckte zurück. Er hatte etwas Weiches, Warmes berührt.

Noch einmal wagte er sich heran und tastete an dem warmen Ding entlang nach unten.

Ein Arm. Es war ein Arm. Er spürte die Hand und die Finger.

Es war eine kleine Hand.

Axel kniff in den Daumen und fragte: „Poppi? Bist du das?"

Er bekam keine Antwort.

Nun begann er den Platz links von sich zu erforschen. Hier stieß er auf den Stoff einer Hose. Es war weicher Stoff wie von einer Jogginghose.

„Dominik, hallo, aufwachen!", zischte er in die Richtung, in der sich die Jogginghose befand.

Wieder nichts.

Er hörte aber auch kein Atmen.

Erst jetzt wurde ihm bewusst, dass er aufrecht saß. Doch er lehnte nicht an einer Wand, sondern an etwas Unebenem, Hartem.

Axel streckte die Hand nach hinten und tastete es ab.

Es war rau und bröselig.

Waren das Beine, die er da berührte?

Mit einem erschrockenen Aufschrei wollte Axel wegrutschen. Er lehnte nämlich an einer Mumie.

Doch er kam nicht vom Fleck. Sein Oberkörper war mit einem breiten Metallband an der Wand und der Mumie befestigt. Axel ertastete krallenähnliche Metallteile, die sich in seiner Kleidung festgehakt hatten und ihn daran hinderten, aufzustehen oder gar zu fliehen.

Was sollte das? Was wurde hier gespielt?

Aus der Ferne hörte er Gesang. Es war der Gesang mehrerer Männer, die eine einfache, melancholische Melodie summten.

Dazwischen rief jemand immer wieder etwas, das Axel nicht verstand. Es klang wie ein gesungenes Gebet.

Ein Lichtschimmer tauchte auf. Er schien ebenfalls weit entfernt zu sein. Axel sah ihn als rötlichen Fleck auf einer Mauer, die ihm Kilometer entfernt erschien.

Als das Licht heller wurde, erkannte er einen langen Gang mit fast quadratischem Querschnitt.

Am anderen Ende, an der Wand des Querganges, war das Licht aufgetaucht.

Noch immer war es rund um Axel zu dunkel, als dass er etwas hätte erkennen können. Doch mit einem Mal erinnerte er sich an seine Taschenlampe. Mit Mühe gelang es ihm, sie aus seiner Hosentasche zu holen und anzuknipsen.

Er befand sich in einer Grabkammer, ähnlich der, in die er am Vortag geschleppt worden war. Diese war jedoch kleiner, dafür aber höher.

An der Wand lehnte Mumie neben Mumie.

Seine Freunde waren, genau wie er, mit Metallbändern an die Mauer gefesselt. Hinter jedem stand hoch aufgerichtet eine Mumie.

Axel fiel die Kopfhaltung der Mumien auf. Sie schienen nach oben in Richtung Himmel zu blicken.

Dort, wo sich früher ihre Augen befunden hatten, waren jetzt glänzende Steine eingesetzt. Als er mit der Taschenlampe darauf leuchtete, blitzten und funkelten sie. Sie schienen das Licht in das Innere der Mumie zu leiten.

„Poppi, Lilo, Dominik, wacht doch auf! Bitte!", rief Axel.

Die Köpfe seiner Freunde hingen schlaff herab. Er konnte nicht erkennen, ob sie atmeten.

Nein, das durfte nicht sein. Sie durften nicht ...

Im Gang knirschte es. Axel drehte den Kopf und sah Leute kommen. Es war eine Gruppe von Männern in langen, wehenden Gewändern. Sie bildeten eine lebende Mauer um eine Gestalt, die Axel nicht erkennen konnte. Von ihr ging der tiefe Gesang aus.

Die Männer betraten die Kammer und bildeten einen Halbkreis. Noch immer verdeckten sie denjenigen, der offensichtlich eine ganz besondere Rolle spielte.

Nach einer Weile traten sie auseinander und gaben den Blick auf die Gestalt in ihrer Mitte frei.

Axel schnappte nach Luft.

DER MANN MIT DEM SCHAKALSKOPF

Vor ihm ragte eine Gestalt auf, die er nur von Ägyptischen Wandbildern kannte. Es war ein Wesen halb Mensch halb Hund. Der Körper war der eines Menschen und war mit einem langen, weißen Gewand bekleidet. Der Kopf und der Hals aber stammten von einem Hund. Es war ein Hund mit langer Schnauze und hohen, spitzen Ohren. Handelte es sich nicht sogar um einen Schakal?

Zuerst hielt Axel den Kopf für eine Maske, die jemand aufgesetzt hatte. Doch als das Wesen wieder zu singen anfing, sah er, dass sich das Maul bewegte. Axel konnte lange, gelbe Zähne, eine dunkelrosa Zunge und blutunterlaufenes Zahnfleisch erkennen. Konnte das wirklich eine Maske sein? Axel beobachtete, wie sich der Gesichtsausdruck veränderte: Die Augen verengten sich. Der Hundekopf blähte drohend die Nasenflügel, zog die Lefzen hoch und bewegte die Ohren.

War das nicht Anubis? Anubis, der Totengott, der Verstorbene auf ihrem Weg in das Jenseits begleitete?

Axel kannte sich bei den alten Ägyptern nicht so gut aus, aber diesen Gott hatte er sich gemerkt.

Was will der hier?, überlegte er, starr vor Schreck. Was ist das? Es kann doch kein Wesen geben, das tatsächlich halb Mensch, halb Schakal ist.

Oder doch?

Die Männer, die um ihn herumstanden, trugen bodenlange, orangefarbene Gewänder. Alle hatten die Arme vor der Brust gekreuzt und die meisten schienen mit geschlossenen Augen etwas vor sich hinzumurmeln. Dazu bewegten sie sich fortwährend nach vorn und zurück, als ob sie sich in Trance befänden.

Sie waren keine Ägypter. Dafür war ihre Hautfarbe zu hell.

Die meisten sahen wie der Mumienmann aus. Sie waren stark abgemagert, hatten tief liegende Augen und gelbliche Haut, die sich pergamentartig über ihren Schädel spannte.

Da war auch der Mumienmann. Er stand vier

Männer von Anubis entfernt und verhielt sich wie die anderen.

Der Totengott begann Anweisungen zu geben. Seine tiefe Stimme klang unwirklich, als käme sie aus einer anderen Welt.

Zwei Männer traten vor und stellten Metallteller auf den Boden, in die sie getrocknete Kräuter legten und entzündeten.

Gelblicher Rauch stieg auf und erfüllte die Grabkammer.

Axel hörte neben sich husten und atmete auf. Der süßliche Geruch des Rauches hatte seine Freunde aus ihrer rätselhaften Starre erweckt. Sie hoben die Köpfe und schlugen die Augen auf.

Poppi schrie auf.

Auch Lilo erschrak heftig, als sie die Männer und die Gestalt mit dem Schakalschädel sah.

Dominik blieb ruhiger, weil er seine Brille nicht aufhatte und deshalb alles nur verschwommen sah.

Anubis machte beschwörende Bewegungen mit den Armen, streckte sie dann steif nach vorn und deutete mit den Fingerspitzen von einer Mumie zur anderen. Dann ging er von Knickerbocker zu Knickerbocker und schien etwas Unsichtbares aus ihren Körpern zu entnehmen und an die Mumien zu verteilen.

Die anderen Männer murmelten immer lauter, immer heftiger, immer rhythmischer. Dazu stampften sie mit den Füßen.

Der Raum war von ihrem murmelnden Singsang, dem Rauch und der beschwörenden Stimme Anubis' erfüllt.

Axel, Lilo, Dominik und Poppi zitterten unkontrolliert. Gleichzeitig spürten sie, dass die Zeremonie sie immer schwächer und wehrloser machte.

„Bitte lassen Sie uns los!", flehte Lilo heiser.

Niemand beachtete sie.

Der Mann mit dem Schakalskopf drehte sich schließlich schwungvoll um und verließ die Kammer. Die anderen folgten ihm sofort in einem wohlgeordneten Zug.

Erleichtert atmeten die Freunde auf.

Doch lange hielt die Erleichterung nicht an.

Am Ende des Ganges knirschte es. Axel, der genau in den Tunnel blickte, erkannte, was dort vor sich ging. „Sie mauern uns ein!", krächzte er. „Sie mauern den Gang zu!"

„Was? Nein! Die sind wahnsinnig!", keuchte Lilo und versuchte, sich aus der eisernen Klammer zu befreien. Doch die langen gebogenen Dornen bohrten sich nur tiefer in ihre Kleider und berührten bereits die Haut.

„Nicht! Aufhören! Was haben wir denn getan?", schluchzte Poppi.

Axel sah die Männer ungefähr 50 cm lange steinerne Pflöcke aufeinander schichten. Sie wurden so verlegt, dass sie eine halbmeterdicke Mauer bildeten, die schnell in die Höhe wuchs.

Noch immer gaben die Männer den murmelnden Singsang von sich und der Schakalmann überwachte die Arbeit.

Nach einer halben Stunde wurde der letzte Stein in die Mauer eingesetzt. Jetzt drang weder Licht noch ein Geräusch von draußen in die Kammer.

„Das war's dann wohl!", sagte Axel leise.

„Knickerbocker lassen niemals locker!", flüsterte Lilo.

„Knickerbocker lassen niemals locker!", stimmte Poppi ein.

„Knickerbocker lassen niemals locker!", schloss sich ihnen Dominik an.

„Knickerbocker lassen niemals locker!", rief jetzt auch Axel.

„Knickerbocker lassen niemals locker!", schrien sie im Chor. Immer wieder, immer wieder brüllten sie ihr Motto. Es hallte von den kahlen Wänden und erfüllte den Gang bis zu der grässlichen Mauer, die sie von der Außenwelt abgeschnitten hatte.

Die vier Freunde schrien, bis sie völlig heiser waren. Der Spruch wirkte wie eine Zauberformel. Sie saßen nicht mehr da und ließen die Köpfe hängen. Sie waren wild entschlossen, aus dieser Gruft zu entkommen, auch wenn sie noch keine Ahnung hatten, wie sie das anstellen sollten.

„Es gibt keinen zweiten Ausgang, und die Mauer können wir niemals entfernen. Habt ihr nicht gesehen, dass die Männer die Steine kaum tragen konnten?", jammerte Dominik.

Doch, das hatten die anderen sehr wohl gesehen.

„Diese Mumien sind der totale Horror!", japste Poppi. Sie versuchte, die Beine der Mumie hinter ihr nicht zu berühren. Bald aber tat ihr der Rücken so weh, dass sie sich doch anlehnen musste.

Die Hoffnung und der Mut, die sie für kurze Zeit verspürt hatten, fielen schnell wieder in sich zusammen.

„Sagt mal, spürt ihr das auch? Ich ... ich fühle mich plötzlich so ... trocken, als würde ich auch ... eine Mumie werden!", meldete sich Axel.

Lilo hatte nichts sagen wollen. Aber es erging ihr ganz ähnlich. Auch sie hatte das Gefühl, immer leichter zu werden. Was geschah mit ihnen?

„Pierre ... Pierre steckt hinter allem!", stieß Axel plötzlich hervor.

„Wissen wir! Aber wir haben zu spät gemerkt, dass er das Essen vergiftet hat", erwiderte Lilo.

„Woher wisst ihr es?", fragte Axel neugierig.

Poppi konnte es erklären: „Wir haben im Küchenwagen jede Menge Dosen gefunden. Pierre kann überhaupt nicht kochen. Und damit der Professor nicht merkt, dass er Dosenfutter bekommt, hat Pierre das Zeug so scharf gewürzt."

Jetzt verstand Axel, wieso alle so tief geschlafen hatten, als sie ins Lager zurückkehrten. Pierre hatte ein Schlafmittel ins Essen gemischt.

„Komisch ist nur, dass Pierre am Nachmittag abgehauen ist. Das Abendessen hat jemand anderer serviert. Ich hatte den Mann noch nie zuvor gesehen", erinnerte sich Lilo wieder an die Ereignisse des Abends.

„Alles egal! Wie kommen wir hier raus?", war Poppis einzige Sorge.

Gar nicht, wollte Axel schon antworten. Aber er verkniff es sich. Es hätte Poppi nur schrecklich aufgeregt.

„Zuerst müssen wir aus diesen Fangeisen raus", sagte Lilo. „Es muss doch eine Möglichkeit geben, sich da herauszuwinden."

Sie machte die wildesten Verrenkungen, aber es gelang ihr weder nach oben noch nach unten aus dem Metallring zu schlüpfen. Die Krallen an den Rändern des Metallbandes machten es unmöglich.

Den anderen Mitgliedern der Bande erging es nicht besser.

Langsam überkam Axel die Panik. Er spürte, wie die Angst von unten durch seinen Körper kroch und sich immer breiter machte. Sobald er sie nicht mehr unterdrücken konnte, würde er toben und schreien und völlig wahnsinnige Dinge tun, das wusste er. Er würde dann keine Sekunde überlegen, ob er sich dabei verletzte oder nicht.

Der Rauch hatte die Luft in der Grabkammer stickig gemacht. Lilo fiel mit Entsetzen ein, dass sie keinen Nachschub an frischer Luft bekamen. Sie versuchte, die Schalen mit den Schuhen zu erreichen und die glimmenden Kräuter auszutreten, was ihr nach einigen Misserfolgen auch gelang.

Wie Lichtfinger bohrten sich die Strahlen der Taschenlampen durch den Rauch in der Grabkammer. Lange würden die Batterien nicht mehr halten.

Die vier Gefangenen konnten sich aber nicht entschließen, die Lampen auszuknipsen. Mit den Mumien in der Dunkelheit zu sitzen, erschien ihnen im Augenblick das Schlimmste. Schlimmer noch als die düsteren Zukunftsaussichten.

„Hört ihr das?", fragte Axel aufgeregt.

Jemand machte sich an der Mauer, die gerade errichtet worden war, zu schaffen.

„Hilfe, wir sind hier eingeschlossen. Holt uns raus. Help!", brüllte Lieselotte und die anderen stimmten ein.

Das Rumoren und Ziehen an den Steinen wurde lauter. Jemand versuchte die Mauer wieder abzubauen. Aber wer?

JEMAND KOMMT ZURÜCK

Axel leuchtete mit der Taschenlampe in den Gang. Er stellte den Strahl so ein, dass er dünn, aber besonders stark war.

Einer der Steine wurde aus der Wand gezogen. Es war jemand gekommen, der sie rettete!

„Ja, hier sind wir. Bitte, lassen Sie uns hier raus! Bitte!", flehte Dominik.

„Oh nein!", stöhnte Axel auf.

Der Stein wurde wieder an seinen Platz zurückgeschoben.

Die Knickerbocker hielten den Atem an.

Keine Geräusche mehr. Wer auch immer sich an der Mauer zu schaffen gemacht hatte, er war wieder gegangen. Vielleicht hatte er auch nur kontrolliert, ob sie fest genug war.

Zuerst traten Axel Tränen in die Augen. Dann aber öffnete er den Mund und begann zu brüllen. Er schrie wie ein Tier, das in eine Schlucht gestürzt war, aus der es sich nicht mehr befreien konnte. Vergeblich versuchte er aufzuspringen. Doch die Krallen des Metallbandes schlitzten sofort seinen Sweater auf. Sie waren messerscharf.

„Hör auf, Axel! Nicht! Nicht, du tust dir weh!", brüllte Lilo. Aber ihr Freund hörte sie gar nicht.

„Aaah!" Axel schrie immer lauter. Er fühlte sich wie vor einer hundert Meter hohen Mauer, über die er niemals klettern könnte. Es war, als ob er sich in einer Sackgasse befände und hinter ihm ein Lastwagen herandonnerte, der ihn zerquetschen würde. Es gab keinen Ausweg. Er konnte weder vor noch zurück.

Lilo wusste, dass sie etwas unternehmen musste, um Axel zu beruhigen. Sie tastete mit den Händen den Boden ab und stieß dabei gegen die trockenen Mumienfüße. Zuerst zog sie die Finger angeekelt zurück. Dann aber kam ihr eine Idee. Sie schob die Hände unter die Füße und versuchte, die Mumie hinter sich in die Höhe zu stemmen.

Die Mumie war schwer, sehr schwer sogar, aber Lilo nahm all ihre Kraft zusammen. Es gelang ihr, die Mumie Zentimeter für Zentimeter zu heben.

Musste sie sich ausruhen, lehnte sie sich fest dagegen, sodass die Mumie nicht wieder zu Boden rutschen konnte.

Poppi bemerkte nicht, was ihre Freundin machte. Sie sah nur fassungslos, dass die Mumie immer größer wurde.

Endlich! Mit einem heiseren Rascheln und Knirschen kippte die Mumie über Lilos Schulter und landete vor ihr auf dem Boden.

Dominik und Poppi zogen erschrocken die Beine an und keuchten heftig.

Lilo aber konnte nun zur Wand zurückrutschen und aus dem Metallreifen steigen. Sie lief zu Axel, riss ihn fest an den Haaren und versetzte ihm zwei schallende Ohrfeigen. Sofort hörte er auf zu schreien und starrte sie mit großen Augen an.

„Wieso … wieso bist du frei?", stammelte er.

„Weil ich keine hysterische Sumpfgurke bin wie du!", versuchte Lilo zu scherzen.

Sie befreite nun auch ihre drei Freunde von den stummen Wächtern hinter ihnen und half ihnen aus den grausamen Metallringen.

Die vier legten einander die Arme auf die Schulter, bildeten einen Kreis und riefen: „Vier Knickerbocker lassen niemals locker!"

Immer wieder erschauerten sie, wenn sie die Mumien rund um sich ansahen. Ihr einziger Gedanke lautete: Raus! Raus, so schnell wie möglich. Raus!

Aber die Mauer am Ende des Ganges war unüberwindbar. Sie versuchten, einen der langen, stangenförmigen Steine zu bewegen, doch es war völlig unmöglich. Die Männer hatten ganze Arbeit geleistet und so sorgfältig gebaut, dass kein Stein vorragte. Es gelang ihnen nicht, einen einzelnen Stein zu greifen und zu bewegen. Auch ihre Versuche, die Mauer ins Wanken zu bringen, indem sie mit dem ganzen Körper gegen sie anrannten, waren vergeblich.

„Warum haben diese Irren das getan? Wozu soll das gut sein, uns hier einzumauern?", jammerte Poppi.

„Einmauern! Einfach barbarisch, wie im Mittelalter, und selbst da erlitten dieses Schicksal nur Gauner und Hexen, weil …"

„Spar dir deinen Vortrag!", schnitt Lilo Dominik das Wort ab.

Plötzlich tat sich etwas an der Mauer vor ihnen. Zuerst erschraken die Freunde, dann aber wurde ihnen klar, dass jemand auf der anderen Seite an den Steinen arbeitete.

Lieselotte bedeutete den anderen, still zu sein. Sie mussten abwarten, was geschah. Vielleicht kamen die Männer auch nur zurück, um zu kontrollieren, ob ihre Opfer noch an die Mumien gefesselt waren.

Mühsam zog jemand Stein für Stein aus der Mauer. Er begann ganz oben und arbeitete sich langsam nach unten. So entstand ein V-förmiger Schlitz, durch den immer mehr Licht drang.

Lilo, Axel, Poppi und Dominik pressten sich links und rechts an die Wände des Ganges. Von draußen konnten sie nicht gesehen werden. Sie hatten die Taschenlampen ausgeknipst, damit in der Grabkammer Dunkelheit herrschte.

„Hallo! Hallo! Lebt ihr noch?", hörten sie jemanden rufen.

Die Stimme kam ihnen bekannt vor, doch keiner der vier konnte sie sofort zuordnen.

Sollten sie antworten? Es konnte auch eine Falle sein!

„Hallo? Hallo? Sagt etwas!"

Lilo kämpfte mit sich. Vielleicht war das nur ein Test, und wenn sie ein Lebenszeichen von sich gaben, unternahmen die Wahnsinnigen etwas noch Verrückteres mit ihnen.

Die vier schwiegen.

DER „BUND DES WIEDERERWACHENS"

„Oh no! Nein, nein!", seufzte die Stimme. Der Unbekannte begann, die Steine wieder einzusetzen.

Dominik stieß Lilo heftig mit dem Ellbogen in die Rippen. Diese nahm allen Mut zusammen und rief: „Hallo? Wer ist da?"

In dem Schlitz tauchte das bleiche Gesicht des Mumienmannes auf.

Also doch eine Falle!

„Raus! Schnell! Wir kriechen durch den Spalt! Wir lassen uns nicht mehr einmauern!", stieß Lilo hervor.

Die vier drängten gleichzeitig zu der Öffnung in der Mauer.

„Halt! Halt! Wie... wieso seid ihr frei?", fragte der Mumienmann verwundert.

Lilo hätte ihn am liebsten an der dämlichen orangefarbenen Kutte gepackt, aber er war zu weit weg.

„Ich helfen euch! Ich helfen, wartet!", sagte der Mann.

Konnten sie ihm glauben?

Wieder knirschte es. Der Mann entfernte weitere Steine. Er hatte also die Wahrheit gesagt.

Die vier Freunde staunten. Der hagere Mann hatte Kräfte, die sie ihm nie zugetraut hätten.

Endlich war der Spalt breit genug, dass sie durchkriechen konnten. Sie bedankten sich, aber der Mumienmann schien es gar nicht zu hören. Sofort begann er, das Loch wieder zu schließen.

„Warum tun Sie das?", fragte Lilo.

Der Mumienmann ging gar nicht auf ihre Frage ein, sondern sagte mit gehetzter Stimme: „Wenn sie entdecken, was ich getan habe, dann ... dann tun sie dasselbe mit mir!"

„Wer sind ‚sie'? Und wo sind die anderen aus dem Camp? Wo ist meine Mutter?", drängte Axel.

„Der ‚Bund des Wiedererwachens' ist sehr mächtig. Nehmt euch deshalb in Acht vor dem Professor. Der ‚Bund des Wiedererwachens' weiß, dass die Körper der Pharaonen wieder zum Leben erwachen können. Sie müssen dazu nur mit lebendigen Menschen in ganz bestimmte Räume der Pyramiden eingeschlossen werden und dort eine Zeit lang bleiben. Dann entweicht das Leben aus den Menschen und geht in den Körper der Pharaonen über, in denen Macht und Weisheit nur darauf warten, zu neuem Leben zu erwachen."

Der Mumienmann sprach sehr feierlich. So, als würde er selbst an diesen Unsinn glauben.

„Ich wusste, dass ihr als Erste ausgewählt werdet. Ich wusste es, weil ihr jung seid und dem Pharao so ein langes neues Leben schenkt! Ich habe euch gewarnt! Ich habe dich sogar in die Kammer gebracht, in der die Mumien auf ihr neues Leben warten. Eine von ihnen ist der Pharao Mara Manu, aber wir wissen nicht, welche."

Also hatte der Mumienmann Axel damals überfallen, als er sich das Schuhband binden wollte. Aber war er auch die rote Mumie gewesen?

Als Lilo danach fragte, merkte sie, dass die Erwähnung der roten Mumie den Mann erschreckte.

„Ist an der roten Mumie irgendetwas Besonderes?", hakte sie nach.

„Die rote Mumie ist immer besonders. Rot bedeutet neues Leben. Es bedeutet, dass Körper und Geist zu neuem Leben erwacht sind."

„Wo sind die anderen aus dem Lager? Wo ist meine Mutter?", fragte Axel noch einmal.

„Ich … ich habe zu viel geredet! Rettet euch! Hört endlich auf mich", drängte der Mumienmann sie. Er war schon ein paar Schritte weggegangen, als er noch einmal umkehrte und ihnen zuflüsterte: „Sie haben Macht. Sie dulden nicht, dass jemand sie verlässt. Sie haben auch mich in ihrer Gewalt. Doch ich … ich wollte nicht, dass euch etwas geschieht. Sagt es niemandem! Verratet mich nicht, denn ihre Rache ist furchtbar!"

Nach diesen Worten drehte er sich um und rannte davon. Die Bande blieb allein in der Pyramide zurück. Sie konnten ihm nicht folgen, weil Axel mit dem Gipsbein nur langsam vorankam.

„Wie sollen wir jemals hinausfinden?", seufzte Lilo, als sie an das Labyrinth von Gängen dachte.

Poppi triumphierte. Endlich konnte sie zeigen, was in ihr steckte. Sie deutete auf eine Ecke und sagte: „Wir müssen nur unseren eigenen Zeichen nachgehen. Schaut, ein grünes K!"

„Fantastisch, Poppi!", riefen die anderen. „Toll, dass du das entdeckt hast."

Poppi strahlte. Das Lob tat ihr gut.

Es dauerte fast eine Stunde, bis die Bande endlich beim Ausgang ankam. Dem Stand der Sonne nach zu urteilen musste es Mittag sein. Die Hitze war wieder einmal unerträglich.

Dominik hob einen Schlauch auf, der neben dem Ausgang lag. Er war aus Leinen genäht und enthielt zwei Trinkflaschen und Brotfladen.

Lilo schnupperte an dem Wasser. Es roch gut. Auch das Brot war frisch.

Gierig machten sich die vier darüber her. Den ärgsten Hunger und den schlimmsten Durst konnten sie so stillen.

Lilo machte mit Dominik eine Runde um die Pyramide. Dabei konnten sie aber außer einigen Reifenspuren nichts Verdächtiges entdecken. Auf jeden Fall war von den Verrückten und dem Schakalmann nichts mehr zu sehen.

Waren sie noch in der Pyramide? Oder schon wieder fort?

Der Schakalmann beschäftigte Axel sehr. War er echt? Gab es so ein Wesen tatsächlich? Es hatte ganz danach ausgesehen.

In einer Pyramide, in der außerirdisches Leben seit tausenden von Jahren existierte, war alles möglich.

„Wir müssen zum Lager zurück", entschied Lieselotte. „Dort ist bestimmt jemand, der uns helfen kann.

Mühsam kämpften sich die vier durch den Wüstensand. Poppi, Dominik und Lilo waren noch immer von dem Betäubungsmittel geschwächt, Axel tat jeder Schritt höllisch weh.

Endlich hatten sie die Sanddüne erklommen, hinter der sich das Lager befand. Keuchend blieben sie auf der Spitze stehen und blickten auf die Ebene hinab.

Das Lager war verschwunden.

Es war keine einzige Spur mehr davon zu entdecken.

Die sandige Ebene sah aus, als hätte dort niemals ein Wohnwagen gestanden.

Fassungslos taumelten die vier den Hügel hinunter zu der Stelle, an der bis gestern das Camp gestanden hatte. Da und dort entdeckten sie im Sand ein Stückchen Papier, den Verschluss einer Flasche oder eine Zigarettenkippe.

Ohne diese Beweisstücke hätten sie gedacht, sie hätten sich verlaufen und hier habe es nie ein Camp gegeben.

„He, schaut mal! Wenigstens etwas!", rief Poppi plötzlich. Sie hatte den zweiten wichtigen Fund an diesem Tag gemacht.

Im Sand waren zwei Kisten vergraben. Die eine enthielt Wasser in Flaschen, die andere Konservendosen mit Eintopfgerichten.

„Pierres heimlicher Vorrat", brummte Axel.

„Leute, ich will euch nicht total in Panik versetzen, aber wisst ihr, dass wir jetzt völlig allein in Ägypten sind? Es gibt keinen Menschen weit und breit, den wir kennen. Niemanden, der uns helfen kann. Sie sind alle verschwunden!", sagte Dominik ganz leise.

„Stimmt nicht ganz. Ich weiß, wen wir anrufen und um Hilfe bitten können!", antwortete Axel, der sich bemühte, ruhig zu bleiben, obwohl ihn die Angst um seine Mutter fast wahnsinnig machte.

Nach einem weiteren Fußmarsch von etwa einer halben Stunde erreichten sie ein kleines Dorf. Eine Telefonzelle gab es dort zwar nicht, aber Dominik versuchte, mit Händen und Füßen, einem Bauern klar zu machen, was sie suchten.

Das Gesicht des Mannes erhellte sich, als er verstanden hatte. Er deutete auf einen kleinen Laden, vor dem zwei Tische auf der Straße standen.

„Wir haben kein Geld, wie sollen wir telefonieren?", gab Axel zu bedenken.

Dominik hatte eine Idee. Er zog seinen Kugelschreiber aus der Tasche und zeigte ihn dem Mann. Kugelschreiber waren in Ägypten sehr beliebt, aber nicht leicht zu bekommen.

Der Ägypter betrachtete das Schreibgerät von allen Seiten und probierte es aus. Er reichte Dominik zuerst zwei Melonen dafür. Als der Junge den Kopf schüttelte und mit den Fingern zeigte, dass er Geld wollte, holte der Mann ein paar Münzen aus der Tasche.

Dominik betrachtete sie mit Kennerblick und meinte: „Das dürfte reichen."

Sie verabschiedeten sich mit einer Verneigung von dem Mann und betraten das Café.

Das Telefon war ein uralter, schwarzer Apparat, dessen Kabel ziemlich oft geflickt worden waren.

„Wen rufst du jetzt an?", fragte Lilo Axel.

„Professor Manzini. Er wird uns bestimmt helfen."

Der Besitzer des Teehauses sprach einige Brocken Deutsch und Axel konnte ihm verständlich machen, dass er die Telefonnummer des Ägyptischen Museums in Kairo benötigte.

Als er endlich eine Verbindung hatte, lauschte er etwas hilflos dem Redeschwall, der vom anderen Ende der Leitung kam. Der Mann in der Telefonvermittlung hörte einfach nicht auf.

Der Teehausbesitzer, ein gemütlicher Typ mit buschigem Schnauzbart, erkannte Axels Notlage und nahm ihm den Hörer aus der Hand.

„Wir wollen Professor Manzini!", erklärte Axel.

Nun ließ der Mann einen Redeschwall los, in dem immer wieder das Wort Manzini zu hören war. Endlich war die Verbindung hergestellt.

Axel erklärte dem Forscher schnell, wer er war und was sich ereignet hatte.

Professor Manzini war außer sich. „Aber ich ... ich war doch gestern noch im Camp und habe meinem Kollegen zusätzliche Unterlagen gebracht", sagte er immer wieder.

„Sabaty selbst steckt mit diesem ‚Bund des Wiedererwachens' unter einer Decke. Diese Wahnsinnigen haben meine Mutter und alle anderen Mitarbeiter in ihrer Gewalt. Sie werden ihnen dasselbe antun wie uns. Bitte, helfen Sie uns."

Der Professor versprach, sofort zu kommen. Bevor er auflegte, warnte er noch: „Vorsicht, die Mitglieder der Sekte könnten sich in diesem Dorf verstecken. Bitte, verlasst es sofort wieder! Es gibt auf der Landstraße ein verlassenes, weißes Häuschen. Ihr geht ungefähr eine halbe Stunde. Wartet dort!"

Der Besitzer des Teehauses nahm kein Geld für das Telefonat. Als sie zum angegebenen Treffpunkt losmarschierten, bemerkte Lilo, dass er ihnen nachstarrte. Sie wusste zwar nicht warum, aber irgendwie kam ihr sein Blick eigenartig vor.

Es war Nachmittag, als sie das Häuschen fanden. Erschöpft ließen sie sich im Schatten auf den Boden sinken. Rund um sie zirpten Grillen, und irgendwo krähte ein Hahn.

Plötzlich war alles so friedlich und angenehm. Es dauerte nur Minuten, bis die vier eingenickt waren.

Sie erwachten fast gleichzeitig, weil sie spürten, dass jemand vor ihnen stand und sie anstarrte.

DIE ROTE MUMIE KOMMT WIEDER

Sie waren zu acht. Einer von ihnen war Pierre. Sie standen da und starrten die vier Freunde durchdringend an. Ihre orangefarbenen Gewänder flatterten im Wind. Die Arme hatten sie vor der Brust gekreuzt, und ihre Lippen formten stumm Worte, als murmelten sie Beschwörungsformeln.

Axel, Lilo, Poppi und Dominik waren starr vor Schreck.

Lilo sprang auf und wollte fliehen, aber die Männer ließen ihr keine Chance. Sie traten zu den vier Freunden und packten sie hart am Arm.

Lilo warf Pierre einen wütenden Blick zu. Dieser Verräter! Er steckte also tatsächlich mit den Typen unter einer Decke!

Ein Kastenwagen fuhr vor. Die Männer öffneten

die hintere Ladetür und stießen ihre Gefangenen hinein.

Im Laderaum stand an jeder Wand eine Holzbank. Axel, Lilo, Poppi und Dominik mussten auf der Bank an der Schmalseite Platz nehmen. Ihre Bewacher setzten sich auf die längsseitigen Bänke.

Der Wagen fuhr los. Das heftige Rumpeln ließ darauf schließen, dass sie die Straße verlassen hatten und nun durch die Wüste fuhren.

Lilo konnte nicht aufhören, Pierre anzustarren. Er war doch so nett gewesen! Wieso machte er mit diesen Irren gemeinsame Sache?

Pierre hatte, wie die anderen, die Hände auf die Knie gelegt und blickte stumm vor sich hin.

Professor Manzini hatte Recht gehabt. Die Mitglieder des „Bundes des Wiedererwachens" lebten in dem Dorf. Wahrscheinlich gehörte der Mann im Teehaus auch zu ihnen.

Lilo wusste, dass die Männer sie diesmal nicht entkommen lassen würden. Diesmal nicht.

Aber vielleicht besaß Professor Manzini so viel Spürsinn, dass er herausfand, wo sie hingebracht wurden. Warum war er noch nicht gekommen?

Der Wagen hielt, und die Männer in den orangefarbenen Gewändern stiegen aus und bedeuteten ihren Gefangenen, ihnen zu folgen.

„Es ist besser, wir tun, was sie wollen. Im Augenblick können wir ihnen nicht entkommen", flüsterte Lilo den anderen zu. „Wenn sie uns keine Fesseln anlegen und sich ein günstiger Moment bietet, können wir bestimmt abhauen. Bestimmt!"

Alle vier wussten, dass ihre Fluchtchancen sehr, sehr klein waren. Aber sie durften die Hoffnung nicht sinken lassen. Sonst war wirklich alles aus.

Wieder waren sie bei der Pyramide, von der sie erst vor einigen Stunden geflohen waren.

Abermals brachten die Mitglieder des „Bundes des Wiedererwachens" sie in eine Grabkammer, dieses Mal allerdings in eine, die sich in einem der oberen Stockwerke der Pyramide befand und leer war.

Einer der Männer trat vor und verkündete mit feierlicher Stimme: „Da ihr nicht willig seid, euch mit der Kraft, dem Genie, der Größe und der Macht der Pharaonen zu vereinigen und mit ihnen einen neuen Anfang zu bilden, so soll euer unwichtiger Geist hier erlöschen. Für immer. Reuig wird er die Körper der Verstorbenen beleben, nachdem er viele Jahre in dieser Kammer gefangen war."

Der Mann ließ sich eine Schale reichen und schüttete grünes Pulver hinein. Einer seiner Gefährten reichte ihm einen glimmenden Span, den er in das Pulver tauchte.

Ein greller Blitz erhellte den Raum und aus der Schale stieg dicker, dunkler Qualm auf. Schnell zog sich der Mann zurück und verließ mit seinen Komplizen die Kammer. Axel, Lilo, Poppi und Dominik konnten hören, wie die Männer den Eingang zumauerten.

Der Qualm näherte sich ihnen wie eine Wand. Sie wichen zurück, konnten ihm aber nicht entfliehen. Es brannte in ihren Nasen und machte das Einatmen unmöglich.

„Sie wollen uns ersticken! Raus, raus!", hustete Lilo.

Die vier rannten los, aber die Mitglieder der Sekte stießen sie unsanft in die Kammer zurück.

Immer wieder rannten sie gegen ihre Feinde an. Aber vergeblich! Zu ihren Füßen begann bereits die Steinwand zu wachsen, und der Qualm kam nun auch in den vorderen Teil und erfüllte den Zugang zur Kammer.

Draußen ertönte ein Schrei.

Die Männer blickten in die Richtung, aus der er gekommen war, und waren sichtlich erschrocken.

Sie ließen die Steine fallen und gaben den Weg nach draußen frei.

Lilo, Poppi, Axel und Dominik nützten die Gelegenheit und stürmten auf den Gang hinaus. Keine

Sekunde zu früh! Sie hatten bereits eine Zeit lang den Atem angehalten, sodass vor ihren Augen schwarze Punkte tanzten.

Wieder brüllte jemand.

„Die rote Mumie!", keuchte Axel und zeigte zum anderen Ende des Ganges.

Die Sektenjünger drängten sich eng aneinander und starrten die Erscheinung mit weit aufgerissenen Augen an.

Die Mumie setzte sich langsam in Bewegung und taumelte auf sie zu. Ihre Hände ballten sich zu Fäusten, die sie über den Kopf hob, als wollte sie den Männern drohen.

Die Männer begannen wild durcheinander zu reden. Sie sprachen Französisch und Englisch.

Lilo konnte ein paar Brocken von dem, was sie sagten, verstehen. Anscheinend glaubten sie, etwas Schlimmes angerichtet zu haben. Sie hatten zwar ihr Ziel erreicht, eine Mumie zu neuem Leben zu erwecken. Doch gleichzeitig hatten sie den Zorn des Pharaos erregt, was wohl das Schlimmste überhaupt war.

„Ist die … ist die echt?", stammelte Poppi.

Keiner konnte ihr eine Antwort geben.

Die Mumie gab wütende, tiefe Laute von sich und näherte sich der Gruppe.

Einer der Männer ergriff schließlich die Flucht, die anderen folgten ihm. Sie stürmten in das Innere der Pyramide.

Lilo, Poppi, Dominik und Axel standen zuerst noch unentschlossen da, aber als die Mumie ihren Gang unerbittlich fortsetzte, folgten sie den Männern, die eigentlich ihre Gegner waren.

Axel hatte große Mühe, Schritt zu halten. Der Gipsverband hing wie ein Bleigewicht an seinem Bein. Er stakste, so schnell er konnte, aber der Abstand zu seinen Freunden wurde immer größer.

Lilo kam zu ihm zurück und bot ihm die Schulter als Stütze an.

Ein Blick nach hinten ließ sie erschauern.

Die Mumie hatte aufgeholt. Obwohl sie nicht lief, sondern nur gleichmäßig schnelle, große Schritte machte, rückte sie näher und näher.

„Aaah!", schrie Axel plötzlich auf. Er hatte eine ungeschickte Bewegung gemacht, und der Schmerz in seinem Knöchel war geradezu unerträglich geworden.

„Ich kann nicht mehr! Renn weg, lass mich!", sagte er tapfer.

„Spiel nicht den Superhelden!", schnaubte Lilo. „Du hast vor dieser Mumie genauso eine Heidenangst wie ich. Die ist der Horror. Der totale Horror."

Die Stimmen der Männer verhallten in den Gängen.

Plötzlich entdeckte Axel den Seitengang, in dem er sich vor zwei Tage versteckt hatte, als er seine Freunde hatte erschrecken wollen.

„Lilo, ich schlüpf da rein, du rennst weiter. Die Mumie wird euch und den Männern nachkommen. Ich … ich versuche, aus der Pyramide zu kommen. Los!"

Bevor seine Freundin noch etwas sagen konnte, hatte er sich schon in den schmalen Gang geschoben und kämpfte sich tiefer hinein. Lilo blieb nicht stehen, um ihn nicht zu verraten. In der Düsternis des Ganges hatte die Mumie vielleicht gar nicht bemerkt, wohin Axel verschwunden war.

Wie gehetzt rannte Lilo weiter, um Dominik und Poppi einzuholen und mehr Abstand zur Mumie zu gewinnen. Im Laufen drehte sie sich kurz um. Entsetzt schrie sie auf.

Die Mumie bog in den Gang ein, in dem sich Axel versteckte.

Axel hörte die Schritte hinter sich. Der Schreck zuckte glühend heiß durch seinen Körper. Er hatte das Gefühl, keine Luft mehr zu bekommen.

Die Schmerzen im Knöchel waren so schlimm geworden, dass er beinahe das Bewusstsein verlor. Er konnte nicht mehr weiter. Alles drehte sich um ihn. Gegen die kalte, raue Wand gelehnt stand er da und hörte, wie sich die Mumie näherte.

Es war nichts mehr zu machen. Sie würde ihn zu fassen bekommen und dann …

Er hatte keine Ahnung, was sie dann tun würde. Vielleicht war schon ihre Berührung sein Ende! Es war ihm egal. Er hatte gekämpft bis zum Letzten. Er war am Ende.

Die rote Mumie streckte bereits die Hand nach ihm aus.

DER ZWEITE ZUGANG

Ein lauter, schmerzerfüllter Schrei ertönte neben Axel. Überrascht blickte er zur Seite und sah die rote Mumie, die auf einem Bein hüpfend den Gang wieder verließ. Als er mit der Taschenlampe auf den Boden leuchtete, sah er dort jene Tiere, die ihm schon vor zwei Tagen aufgefallen waren: Skorpione. Es wimmelte vor grau-braunen Skorpionen, die den Stachel am Schwanzende drohend nach oben gerichtet hatten.

Die Mumie taumelte aus dem Gang in den breiten Tunnel und fasste sich ins Gesicht. Sie riss an den Bandagen und fetzte sie weg.

Darunter kam das schweißnasse Gesicht Pierres zum Vorschein. Pierre ließ sich zu Boden sinken und untersuchte seinen linken Fuß.

Axel wusste nicht, was er tun sollte. Vorsichtshalber blieb er, wo er war.

Jetzt hörte er seine Freunde kommen. Diese waren vorsichtig umgekehrt und hatten sich zurückgeschlichen, nachdem sie die Flucht der Sektenjünger bemerkt hatten. Auch sie hatten verblüfft beobachtet, wie die jetzt gar nicht mehr so Furcht erregende „rote Mumie" zu Boden gesunken war.

„Rennt nicht fort. Bitte, bleibt bei mir! Ich helfe euch!", versprach Pierre flüsternd.

Lieselotte schaute ihn ungläubig an. „Du?"

Axel wagte sich nun aus dem Gang und stützte sich schwer atmend auf Dominiks Schulter.

„Welche Farbe hatte der Skorpion? Schwarz?", fragte Pierre Axel.

Dieser schüttelte den Kopf.

Pierre atmete auf. „Gott sei Dank! Dann war es kein Breitschwanz-Skorpion. Dessen Stich ist nämlich tödlich. Bei den anderen tut es nur höllisch weh, wie bei einem Bienenstich."

Lilo, Dominik, Poppi und Axel blickten mit wütenden Gesichtern auf Pierre hinab. Jetzt waren sie die Herren der Lage!

„Los, kommt, raus aus dieser Pyramide!", sagte Pierre und wollte aufstehen.

Lilo drückte ihn auf den Boden zurück. Solange

er dort saß, konnten sie ihn besser unter Kontrolle halten.

„Nichts da, erst packst du aus!", verlangte sie.

„Hör zu, diese Irren können jeden Augenblick zurückkommen!", gab Pierre zu bedenken.

„Du bist einer von ihnen!", warf ihm Lilo vor.

„Nein, bin ich nicht. Zumindest nicht richtig, heißt das. Hört zu: Mein Vater ist auch Archäologe. Er ist vor einem Monat im Tal der Könige verschwunden. Ich bin gekommen, um ihn zu suchen, aber … aber ich bin hier auf eine Mauer des Schweigens gestoßen. Angeblich wusste niemand, was mit meinem Vater und seinen Kollegen geschehen ist. Deshalb habe ich sie auf eigene Faust gesucht und bin auf diese seltsame Sekte, den ‚Bund des Wiedererwachens' gestoßen. Der taucht immer wieder auf, vor allem dort, wo Ausgrabungen stattfinden. Ich habe mich als Koch hier in das Team von Professor Sabaty eingeschlichen, um mich umsehen zu können. Dieser Typ, den ihr damals auch gesehen habt, als ich euch von der Pyramide geholt habe, er war der Vorbote. Er hatte die Aufgabe, die Mumien, die wiedererweckt werden sollten, in die Pyramide zu bringen und außerdem auszukundschaften, wie viele Menschen an der Ausgrabung teilnahmen, wie alt sie waren und so weiter.

Der Kerl ist ein Landsmann von mir, also ebenfalls Franzose. Er heißt Henri und ist völlig verblendet und umnachtet. Die meiste Zeit weiß er nicht, was er da tut. Ich habe ihn angesprochen und ihm mitgeteilt, dass ich in den Bund aufgenommen werden wollte. Er hat es für mich eingefädelt. Die Mitglieder der Sekte sind übrigens alle Europäer. Keiner von ihnen ist älter als dreißig Jahre."

Gespannt hörten Lilo, Poppi, Axel und Dominik zu. Sie unterbrachen Pierre mit keinem Wort.

„Ich ... also ich dachte, ich könnte verhindern, was nun geschehen ist. Ich wollte nur, dass ihr euch raushaltet und abreist. Doch ich wollte auch, dass der ‚Bund des Wiedererwachens' zuschlägt. Ich hoffte, dann leichter den Anführer dieser Sekte entdecken zu können. Er weiß bestimmt mehr über meinen Vater und darüber, wo er sich befindet."

„Deshalb hast du uns als rote Mumie verjagen wollen?", folgerte Lilo.

Pierre nickte. „Ich habe durch Zufall von Henri erfahren, dass für die Mitglieder des Bundes die rote Mumie das Ziel ihrer Wünsche bedeutet. Das ist mir jetzt eingefallen, als sie euch einmauern wollten. Ich hatte das Kostüm noch in der Pyramide versteckt. Der Schneider im Dorf hat es übrigens für mich angefertigt."

„Im Dorf … dann wissen die Mitglieder des Bundes bald, dass alles Schwindel war. Das ganze Dorf steckt mit ihnen unter einer Decke!", rief Lilo.

Pierre konnte das nicht glauben.

„Und wo sind die anderen hingebracht worden? Meine Mutter und die Helfer?", fragte Axel.

„Ich … ich weiß es nicht. Ich durfte an der Aktion nicht teilnehmen. Gestern Nachmittag musste ich das Lager verlassen, und ein anderes Sektenmitglied hat meinen Platz eingenommen. Als ich protestierte, haben sie mir etwas ins Essen gemischt. Ich habe fünfzehn Stunden lang geschlafen."

Pierre blickte Lilo bittend an: „Darf ich endlich aufstehen?", fragte er.

Das Superhirn nickte.

„Wo sind die anderen? Und was ist mit den Außerirdischen in der Grabkammer?", fragte sie halblaut.

„Außerirdische?" Pierre sah sie verwundert an.

„Ja, Außerirdische!" Lilo berichtete in Stichworten von den Entdeckungen des Professors.

„Ich werde verrückt! Das gibt es doch alles nicht!", murmelte Pierre immer wieder und fuhr sich durch das lange, rotblonde Haar.

Als sie hinter sich Stimmen hörten, machten sie sich schnellstens auf den Weg aus der Pyramide.

Draußen standen jetzt mehr Autos. Es waren alles Jeeps und Transporter, die sich mit ihren breiten Reifen durch den Wüstensand kämpfen konnten. Menschen waren allerdings nicht zu sehen.

„Wie kommen wir hier weg?", fragte Poppi leise.

Pierre gab ihnen ein Zeichen zu warten. Er schlich am Fuß der Pyramide entlang und spähte um die Ecke. Als er dort nichts sah, lief er weiter bis zur Rückseite.

Er hatte nicht bemerkt, dass Lilo ihm gefolgt war, und schrak heftig zusammen, als sie seinen Arm berührte.

Auf der Rückseite der Pyramide herrschte großer Betrieb. Mitglieder der Sekte hatten aus Brettern eine Rampe gebaut, die ungefähr bis zum ersten Drittel hinaufführte. Dort hatte die Pyramide anscheinend noch einen weiteren Zugang, aus dem jetzt eine lange Reihe anderer Sektenjünger kam, die Stühle, Figuren, Kisten und Töpfe die Rampe herunterschleppten.

Am Fuß der Pyramide stand bereits ein wuchtiger Mumiensarg. Wahrscheinlich befanden sich in ihm noch weitere, kleinere Särge.

„Die … die räumen eine Grabkammer aus!", flüsterte Pierre.

„Es gibt also noch einen Zugang in das Innere der

Pyramide, und der führt direkt in die Grabkammer!", kombinierte Lilo.

Aber halt, das war doch die Kammer, in der sich die Außerirdischen befanden! Die Kammer, aus der das seltsame Licht gedrungen war.

Pierre deutete aufgeregt zu der Öffnung, durch die die Sektenmitglieder in die Pyramide einstiegen. Gerade brachten sie zwei Metallfiguren heraus, die überhaupt nicht ägyptisch aussahen. Es waren flache Puppen, die die Umrisse der Außerirdischen hatten, die Professor Sabaty mit seinen Geräten ausgemacht hatte. Auch grüne Strahler und große Batterien wurden ans Tageslicht befördert.

„Die ganze Geschichte von den Außerirdischen ist erfunden. Die Grabkammer hat einen Zugang, und über den wurden die Figuren und das Licht eingeschleust. Der Professor sollte glauben, es gäbe die Wesen mit den telekinetischen Kräften wirklich. Alles nur, damit er die Grabkammer nicht öffnet und entdeckt, dass schon jemand vor ihm da war und wahrscheinlich einiges mitgenommen hat", kombinierte Lilo halblaut weiter.

„Nicht schlecht!", sagte eine Stimme lobend hinter ihr. Sie drehte sich erschrocken um und schaute dem Anführer der Sekte in die Augen.

DIE TRICKS
DES PROFESSORS

Es war Professor Manzini. Diesmal wirkte er nicht so gequält. Sein Gesichtsausdruck war spöttisch und herablassend.

„Ihr seid hartnäckig!", stellte er fest. „Sehr hartnäckig. Ihr seid sehr gut dazu geeignet, einem der Pharaonen neue Lebenskraft zu geben. Jedenfalls sind meine Böcke davon überzeugt!"

„Böcke?" Lilo verstand nicht.

Professor Manzini deutete auf die arbeitenden Männer. „Das sind die Böcke. Dumm wie Ziegenböcke. Sie tun alles für mich, weil sie denken, ich unterstütze ihren Kult. Natürlich halte ich dieses Wiedererwecken für Humbug, aber was tut man nicht alles, um kostengünstige Helfer zu bekommen."

„Das heißt, Sie lassen zu, dass die Männer andere Menschen mit Mumien einmauern?" Lilo war fassungslos.

„Nein, ihr wart die Ersten. Bisher habe ich ihnen immer erzählt, die Leute, die uns in die Hände gefallen sind, seien zu alt. Leider traf das auf euch nicht zu."

„Sie waren Anubis, nicht wahr?", fragte Lilo.

Professor Manzini lachte. „Tolle Maske, nicht? Einige der Burschen halten mich wirklich für Anubis. Andere glauben daran wie Kinder an den Weihnachtsmann. Man weiß, dass es ihn nicht gibt, aber die Vorstellung ist schön."

„Wozu ... wozu das alles? Sie sind doch Wissenschaftler!"

Der Professor bekam einen Lachkrampf. Seine lange, dünne Gestalt wurde vom Lachen nur so geschüttelt.

„Wissenschaftler, ja schon. Aber davon kann man nicht leben. Nachdem mir bei meinem interessantesten Forschungsprojekt das Geld ausging, musste ich mich umstellen. Ich bekam den Job im Museum und hatte die Aufgabe, die Ausgrabungsteams zu betreuen und zu koordinieren. Welche Schmach für mich, der ich selbst als großer Entdecker in die Geschichte eingehen wollte. Doch ich fand keine Geldgeber mehr. Und so beschloss ich, mir selbst zu helfen."

Pierre verstand. „Sie sind Grabräuber geworden, machen sich aber nicht selbst die Hände schmutzig. Das dürfen diese Männer für Sie erledigen."

Professor Manzini nickte. „Genauso ist es. Und der Fund in dieser Pyramide hat mich so reich gemacht, dass ich mich nun endlich mit meiner lieben Frau für immer absetzen kann. Es ist schon alles vorbereitet. Meine Frau und ich werden mit neuen Namen, neuen Gesichtern und neuen Pässen ein neues Leben auf einer paradiesischen Insel in der Südsee beginnen. Niemand wird das verhindern. Und damit auch meine Böcke nicht reden, werde ich sie genau wie euch für immer in der Pyramide verschwinden lassen.

In meinen Aufzeichnungen im Museum wird stehen, dass die Pyramide seit tausenden von Jahren leer geplündert und äußerst baufällig ist. Ein neuerliches Betreten ist also streng verboten."

Die Stimme des Professors klang kalt. Er schreckte vor nichts zurück.

„Und jetzt keine faulen Tricks!", knurrte er und zückte eine Pistole.

Pierre und Lilo hoben folgsam die Arme.

„Ein falsches Wort und ich muss ernst machen", drohte der Professor Pierre an.

In diesem Augenblick hupte es neben ihnen laut.

Professor Manzini drehte sich erschrocken in die Richtung, aus der das Hupen gekommen war.

Dort stand ein Jeep, und am Steuer saß Dominik.

„Schnell!", schrie er.

Lilo versetzte der Hand des Professors einen kräftigen Tritt, sodass er die Waffe verlor. Er versuchte sie wieder aufzuheben, aber Lilo war schneller.

Pierre rannte mit ihr zum Jeep und Dominik machte Platz. Auf dem Boden lag Axel, der die Pedale mit den Händen betätigte. Dominiks Beine waren nämlich zu kurz, um bis zum Boden zu reichen. Poppi kauerte auf dem Rücksitz.

„Alle an Bord?", rief Pierre.

„Ja!", lautete die Antwort der Bande.

Pierre trat aufs Gas und ließ mächtige Sandwolken in die Höhe steigen. Falls der Professor noch eine Waffe besaß, würde ihm der Staub das Zielen erschweren.

„Aber sie werden uns verfolgen!", befürchtete Lilo.

„Denkste", grinste Axel. Er und Dominik hatten bei allen Wagen die Benzinleitungen durchgeschnitten.

„Die sitzen fest. Wir verständigen vom Dorf aus sofort die Polizei", beschloss Pierre.

Aber wo war sein Vater? Wo waren Axels Mutter und Professor Sabaty? Und wo die anderen Forscher und Mitarbeiter?

Doch sie brauchten nicht lange zu grübeln. Wie ein Blitz durchfuhr Axel plötzlich eine Idee, die sich als brandheiße Spur erweisen sollte: Unter dem

Haus des Professors befand sich ein riesiger Keller, in dem noch viele ägyptische Kunstschätze lagerten. Niemand hatte unter dem bescheidenen Häuschen dieses Lager vermutet.

Die beiden Manzinis hatten die gefangenen Archäologen, die dort unten wie Sklaven gehalten wurden, gezwungen, die Kunstschätze zu restaurieren, damit diese Gewinn bringend verkauft werden konnten. Das Poltern, das Axel bei seinem Besuch gehört hatte, war der Hinweis auf das Versteck gewesen.

„Ich bin eigentlich fast froh, dass du dir den Knöchel gebrochen hast!", sagte Frau Klingmeier und machte gleich darauf ein verlegenes Gesicht. „Na ja, weißt du, sonst hätte man uns vielleicht niemals dort unten entdeckt. Der Zugang war gut versteckt, und die Manzinis hätten ihn bestimmt nie preisgegeben."

„Von Pyramiden und Mumien haben wir jetzt für eine Weile genug!", meinten die vier Freunde.

Frau Klingmeier verdrehte die Augen: „Kinder, ich glaube, euch könnte man in einen leeren Raum ohne Fenster und Tür sperren. Sogar dort würdet ihr über ein neues Abenteuer stolpern!"

Die vier Mitglieder der Bande lachten bei der Vorstellung.

Ein leerer Raum erwartete sie im nächsten Fall zwar nicht. Dafür eine Höhle, in der längst ausgestorbene Tiere wieder aufgetaucht waren ...*

---

*) siehe Band 44: „Die Höhle der Säbelzahntiger"

DER KNICKERBOCKER-
BANDENTREFF

**Werde Mitglied im Knickerbocker-Detektivclub!
Unter www.knickerbocker-bande.com kannst du dich
als Knickerbocker-Mitglied eintragen lassen. Dort erwarten
dich jede Menge coole Tipps, knifflige Rätsel und Tricks
für Detektive. Und natürlich erfährst du immer
das Neueste über die Knickerbocker-Bande.**

**Hier kannst du gleich mal deinen detektivischen Spürsinn
unter Beweis stellen – mit der Detektiv-Masterfrage,
diesmal von Axel:**

HI FANS,

das war ein heißes Abenteuer – im wahrsten Sinne des Wortes. Nie wieder gehe ich ohne Wasserflasche in die Wüste! Und mein Bedarf an roten und anderen Mumien ist auch mehr als gedeckt! Dass wir auf diesen Spuk mit den Außerirdischen und dem „Bund des Wiedererwachens" hereingefallen sind, das ärgert mich schon. Aber auch wenn wir uns zunächst ganz schön haben ins Bockshorn jagen lassen – schließlich haben wir auch diesen Fall erfolgreich gelöst. Knickerbocker lassen eben niemals locker!

Und du? Wie steht's mit deinen Detektivfähigkeiten?
Wollen wir sie einfach mal testen? Dann versuche,
ob du diese Frage beantworten kannst:
Ganz zum Schluss, als wir den Fall schon fast
geklärt hatten, wussten wir immer noch nicht,
wo die entführten Wissenschaftler gefangen
gehalten wurden. Aber da ist mir ja Gott sei Dank
noch eine Idee gekommen.
Woran habe ich mich dabei erinnert?

Die Lösung gibt's im Internet unter
www.knickerbocker-bande.com
Achtung: Für den Zutritt brauchst du einen Code.
Er ist die Antwort auf folgende Frage:

Wie nannten die alten Ägypter ihren Herrscher?

Code
19074 Sonnenkönig
74109 Khan
47091 Pharao

Und so funktioniert's:
Gib jetzt den richtigen Antwortcode auf der Webseite
unter **MASTERFRAGE** und dem zugehörigen Buchtitel ein!

Tschau und denk dran: Niemals locker lassen!
Dein
Axel

Ravensburger Bücher   von Thomas Brezina

Spannung pur
für Detektiv-Fans!

Sie sind cool, clever und können
ungelöste Fälle nicht ausstehen.

Lilo, Axel, Poppi und Dominik
sind die Knickerbocker-Bande!

Ravensburger Bücher

Thomas Brezina

Rätsel um das Schneemonster

Band 1

Schauder statt Schivergnügen?
Ein Schneemonster versetzt einen
Ferienort in Angst und Schrecken.
Lilo, Axel, Poppi und Dominik glauben
nicht an Geister ...

ISBN 3-473-**47081**-3

Thomas Brezina

Das Phantom der Schule

Band 6

Nichts als Gespenster? In Dominiks
Schule treibt ein geheimnisvolles
Phantom sein Unwesen. Wer verbirgt
sich unter dem Flattermantel und der
weißen Maske?

ISBN 3-473-**47082**-1

www.knickerbocker-bande.de

Ravensburger Bücher

Thomas Brezina

Die Rache der roten Mumie

Band 17

Zurück in die Vergangenheit?
In Ägypten erwartet die vier Freunde
eine böse Überraschung: In einem
unterirdischen Grab erwacht plötzlich
eine Mumie zum Leben!

ISBN 3-473-**47085**-6

Thomas Brezina

Im Wald der Werwölfe

Band 36

Wandeln mit Werwölfen?
Axel nimmt an einem Sportwett-
bewerb in den USA teil – doch im
Camp treiben finstere Gestalten
ihr Unwesen ...

ISBN 3-473-**47087**-2

www.knickerbocker-bande.de

Ravensburger Bücher

Thomas Brezina

Das Haus der Höllensalamander

Band 38

Rachedurstige Geister? Eigentlich wollten die vier Freunde nur Ferien machen, aber an ihrem Urlaubsort in der Karibik scheint ein Poltergeist sein Unwesen zu treiben ...

ISBN 3-473-**47083**-X

Thomas Brezina

13 blaue Katzen

Band 42

Katz und Maus?
Das Geständnis eines Milliardärs, eine verschwundene Pianistin und 13 blaue Katzen geben den vier Freunden Rätsel auf.

ISBN 3-473-**47084**-8

www.knickerbocker-bande.de

Ravensburger Bücher

Thomas Brezina

Der Turm des Hexers

Band 59

Nur Hokuspokus? Vor 500 Jahren soll der Hexer auf dem Scheiterhaufen verbrannt sein. Ist er nun in seinen Turm zurückgekehrt? Die vier Freunde ermitteln.

ISBN 3-473-**47088**-0

Thomas Brezina

Wenn der Geisterhund heult

Band 61

Aus einer anderen Welt? Ein geheimnisvoller Geisterhund verbreitet Angst und Schrecken. Die vier Freunde beschließen, der Sache auf den Grund zu gehen ...

ISBN 3-473-**47089**-9

www.knickerbocker-bande.de

Ravensburger Bücher

Thomas Brezina

Die rote Mumie kehrt zurück

Band 43

In einer Pyramide stoßen die jungen Detektive nicht nur auf die Furcht erregende Rote Mumie, sondern entdecken auch eine Grabkammer, die jahrtausendealten Schriften zufolge niemals geöffnet werden darf.

ISBN 3-473-**47091**-0

Thomas Brezina

Das Phantom der Schule spukt weiter

Band 47

Das Phantom ist wieder in der Schule aufgetaucht und terrorisiert die Knickerbocker. Die vier müssen etwas besitzen, was das Phantom unbedingt haben möchte. Was könnte das nur sein?

ISBN 3-473-**47092**-9

www.knickerbocker-bande.de

Ravensburger Bücher

Thomas Brezina

Der unsichtbare Spieler

Band 48

Axel spielt begeistert Fußball im Verein. Eines Tages wird er zu Unrecht beschuldigt, einen Mitspieler gefoult zu haben. Steckt tatsächlich ein unsichtbarer Spieler hinter dem Angriff?

ISBN 3-473-**47093**-7

Thomas Brezina

Das Mädchen aus der Pyramide

Band 62

Die Knickerbocker begleiten Dominik bei Dreharbeiten in Ägypten. Doch aus dem erhofften Ferienspaß wird bald ein unheimlicher neuer Fall. Wer ist das seltsame Mädchen aus der Pyramide?

ISBN 3-473-**47090**-2

www.knickerbocker-bande.de